SHANGHAI LITERATURE & ART PUBLISHING GROUP

故事会
精品系列

故事会 ®

武侠故事

上海锦绣文章出版社
上海故事会文化传媒有限公司

上海文艺出版（集团）有限公司

图书在版编目（CIP）数据

武侠故事 《故事会》编辑部编 — 上海：上海锦绣文章出版社
（故事会精品系列） ISBN 978-7-5321-1301-9

Ⅰ．①武… Ⅱ．①故… Ⅲ．①故事 作品集 中国 当代 Ⅳ．I247.8

中国版本图书馆 CIP 数据核字 (1999) 第 39850 号

丛 书 名：故事会精品系列

书　　名：武侠故事

主　　编：何承伟

编　　委：何承伟　吴　伦　姚自豪　夏一鸣

责任编辑：刘迎曦　鲍　放

装帧设计：王　伟

责任督印：张　凯

出　　　　版：上海锦绣文章出版社

　　　　　　上海故事会文化传媒有限公司

POD 海外发行：中国图书进出口上海公司

　　　　　　电话：021-36357888

　　　　　　传真：021-36357896

　　　　　　地址：上海市虹口区广中路 88 号

　　　　　　邮编：200083

海外 POD 发行版本　　　　　　　　　　　**版权所有·不准翻印**

目　　录

精习武功

苏镖师观棋遇异 …………………… 2

憨李忠傻练怪招 …………………… 8

八百斤巧计拜师 …………………… 14

张三爷京都收徒 …………………… 19

天外有天

占石猴拳败无敌 …………………… 23

小丫头力坠千斤 …………………… 29

结师徒功胜一筹 …………………… 35

双比武蓬荜生辉 …………………… 39

崇尚武德

山东汉技服骄僧 …………………… 44

饮酒客诚诫小道 …………………… 48

忌贤能自食其果 …………………… 51

使暗算师傅殉德 …………………… 57

除恶惩凶

惩恶僧路见不平 …………………… 62

劫艺女巧难班主 …………………… 67

救善人计胜飞贼 …………………… 71

逞雄威力惩凶顽 …………………… 75

神力解仇

敲重锤不计前嫌 …………………… 81

献绝技气煞泼皮 …………………… 84

锁飞拳惩教忤逆 …………………… 89

蔑生死力镇凶僧 …………………… 94

斗鹰犬飞走绢桥 …………………………… 100

度寒暑再展杏旗 …………………………… 105

化干戈共保江山 …………………………… 109

巾帼武秀

丑新娘巧戏井霸 …………………………… 114

慈山姑义释贼顽 …………………………… 118

强寡妇计除大害 …………………………… 121

新媳妇拳船救夫 …………………………… 125

孙娘子巧治二刘 …………………………… 128

甘老太以柔克刚 …………………………… 133

威震外夷

侠义举舍身护佛 …………………………… 138

甩绝招沸腾京都 …………………………… 144

飞檐壁誓夺国宝 …………………………… 150

精 习 武 功

铁杵磨成针，
功到自然成。

苏镖师观棋遇异

　　明末清初，武功山上有两座寺院。北寺叫悬天庙，住着一个和尚，法号一心；南寺叫停云观，住着一位道长，道号静远。传说这一僧一道，一盘棋下了三冬三夏，尚未分出个输赢胜败来。

　　这一年，从直隶广平府来了个著名镖师，名叫苏老秀，路过武功山下，在荒草村小酒店停脚打尖。这酒店的小二，平时好海吹云拉，今天正云来雾罩地吹这武功山上一僧一道的棋艺武功，苏老秀听得半信半疑。

　　这苏老秀自幼练得软硬之功，从十八岁跟定镖车浪迹江湖，走遍了南七北六十三省，今天听店小二说山中藏有武林高手，不由心中动了求艺之念，何况他又是一个棋迷，这就更投了胃口。

　　于是，苏老秀快马加鞭把镖银解到杭州，办好手续，掉转马头,日夜兼程返回荒草村。他把马匹、行装寄存在酒店,单身只影,沿着进山的蜿蜒小路向悬天庙而来。

武功山山势险峻,岭如刀削,峰如立柱。苏老秀仗着练过轻功,翻越舍命崖,攀上鹰勾嘴,爬过长虫背,飞渡一线天。他暗自思忖:这回还真多亏我这习武功底,要不,别说想上悬天庙,就是舍命崖、鹰勾嘴,也早把我挡在山外了。

山路越走越窄,连个放平脚掌的地方也难寻得,苏老秀爬、攀、勾、挂全用上了。眼看红日西沉,天色暗了下来,通天崖石壁顶端影影绰绰显出一座寺庙,这庙院修得好刁怪呀,光溜溜的石崖刀削直立,几十根铁索将庙吊在石壁尖上。苏老秀站在崖下仰望了半晌,不由倒吸了一口冷气,心中不由暗暗叫苦。

难道就这么回去? 自习武以来,苏老秀还真没有这么窝囊过。他定下心来,眯眼细看,终于发觉冰凉溜滑的石壁上,浅浅显出几处脚蹬手抠的印迹。苏老秀心中一阵猛喜:是了,是了,这定是一心法师上庙的路了。于是他二话不说,使出"壁虎钻云"的祖传特技,手抠浅凹,翻身倒挂,贴紧石壁,像壁虎一样慢慢蹭着倒爬上去,累了个半死,总算攀上了进庙的台阶。

推开庙门,院内鸦雀无声,只有大殿蒲团之上坐着一个胖大和尚,双目微闭,五心朝天,正在行气练功。苏老秀在荒草村酒店听店小二讲过,这和尚一打起坐来,五天五夜不吃不喝也不动,苏老秀不敢惊动法师,只好站在大殿一角等候。

天慢慢黑下来了,山风从庙门洞里呼呼吹了进来,像万支冰箭向身上射来,苏老秀已经一天没吃东西了,实在忍耐不住,只得向坐在蒲团上的老和尚高高一揖,大声呼道:"老法师,在下这厢有礼了。"

这时,才见一心法师长长舒出一口气,微启眼睑,苏老秀不由身上打了个寒战,只见老法师一双眼睛明若朗星,利如神剑,他自知法师功夫绝非一般。

老和尚慢慢起身，双掌合十，口念："阿弥陀佛！何方施主，让你久等了。"苏老秀说出家乡住址，只说观棋，不敢露出求艺的意思。

老和尚微笑着说："贫僧久居深山野林，无事寻事做，强下几子，也不懂棋路。"苏老秀深知：真人不露相，露相无真人。便把话岔开，向僧人求斋饭。

次日清晨，吃过早斋，一心法师说："施主如有雅兴，今日便可同去解闷。"出得庙门，向右一拐，行十几步便到了松林边上。一心法师停下脚步，把僧袍下摆掖在腰间，说："施主须紧紧跟上。"只见他向下蹲腿一弹，跳上一棵高十几丈的树枝，树枝向下一弯，随后向上一翘，那法师像弹子一样被弹了出去。苏老秀忙提气跃身，登上树尖，谁知那和尚已三弹两跳变成一个黑点不见了。苏老秀追了一程，只好垂头丧气地回到庙中。

当天中午，一心法师下棋回来，问他为什么不去观棋，苏老秀双膝跪地，口称："老法师，莫要再戏弄在下了，望老法师指点迷津！"

一心法师双手将他搀起，口称："不敢！不敢！我何等人物，敢受镖师如此重礼。不过话又说回来了，天天为找那个牛鼻子老道下棋，那棋亭又在松林中央，这松林树密无路，就逼着我练了点雕虫小技！想看棋，还先得练这弹跳轻功，你为人聪慧，学这点小能耐是不难的。"

一心法师当即把苏老秀领进后院，只见后院里一眼古井，几垄菜畦，那白菜才安上秧，萝卜才出来芽。

古石井上，安着一架撬杆。按说撬杆一头坠一个石块或砘子，向井口的一端是井绳和钩儿，打水时把空水桶挂上钩儿，用力把另一头石块搬起，等打满水桶一松手，那石块自然把水桶撬出井口。可奇怪的是，那老和尚的撬杆与众不同，坠石块的一端什么也没有。

苏老秀正琢磨着哩,只见一心法师把水桶挂好,打满了水,忽然飞身登上撬杆坠石块的一头,把水桶撬出井口,接着又像闪电一般,顺杆滑向水桶,接住桶襻,把一桶水倒进石槽之中。就这样,"哗哗啦啦"水流进菜畦,看得苏老秀直了眼,迷了神。

从此之后,苏老秀就揽下这浇菜的营生。

转眼间三个月过去了,白菜包了芯,萝卜满了缨,苏老秀自觉几个月来受益匪浅,心中又活动起来,几次见到一心法师,想提观棋之事,不知怎的,老不好开口。

一日,一心法师做过早功,对他说:"老秀,这几个月来你的功夫大见长进,准备明日一块去会会道长吧!"苏老秀喜不自禁,连连答应。

次日凌晨,两人步出庙门,只见东方红霞万道,紫气缭绕,好一派高山古刹幽雅之景。到了松林边上,一心法师要苏老秀把他的僧带牵好,随后两人跳跳跃跃,不大工夫来到一个石雕亭子前。

石亭四周是一片如毡的草坪,一心法师飘身下了树杈,踏着草尖步履如飞,苏老秀紧跟在后,却把那草棵踩得东倒西歪。他自愧功夫还不到家,暗下决心要把技艺练到妙处,才回广平府老家。

到了亭前,见亭上有四张石凳,围着一张石桌,西首石凳上早稳坐着一位道士,面前摆着半盘残棋。

一心和尚口念:"阿弥陀佛!"静远道士口念:"善哉善哉!"两人入座,二话不说,支"车"拨"炮",攻"卒"飞"相",杀得难解难分。

苏老秀在一旁观棋,时间一长,便看出破绽来。原来两人的棋艺实是平平,如果两人都不走误步,一胜一败早见分晓,哪须杀上三冬三夏呢?苏老秀几次话顶在嗓子眼上,又硬把它咽回肚里,他怎敢在这两位长老面前卖弄聪明?

日头平西了。一心法师念声："阿弥陀佛！"静远道士念声："善哉善哉！"两人才住手不下。石桌上仍是半盘残棋，苏老秀心中诧异：这棋别说下三年，再下十年恐怕也见不出高低来！

一心法师给苏老秀丢个眼色道："这是我小徒苏老秀，请道长提携方便，让他送你一程！"那静远道士忙说："使不得！使不得！"说着起身便走。苏老秀是个聪明人，知一心法师准有用意，忙紧跟了道士不舍。背后就听一心法师念了声佛，说："请高抬贵手，点拨一二，我拜托了！"

静远道士来到松林边上，一不蹿二不跃，只晃开两膀，那合抱粗的大松树，自然闪出一条路来。苏老秀紧贴和尚身后，见这开而复合的松林，明白了一心法师荐徒学艺的一片苦心。

道士回到南山停云观中，思忖良久，才对苏老秀道："既来之则安之吧，一心法师已授你轻身之术，我再把这'铁背靠'传授给你，你要倍加珍重才是。"

第二天，静远道士把苏老秀领到一片松林之中，说："这片松林，都是同年所栽，均有碗口粗细，树龄都有五十年了。"往前，又走进一片松林，说："这里的树，都一搂多粗，树龄均在百年之上。"往前走，又是一片松林，"这里的树都有两人合抱粗细，"静远道士说，"树龄都在五百年之上。"静远道士领他穿过三片松林，问他领悟了些什么。

苏老秀说："徒弟蠢笨，不知说得对不。我见这三片松林的树皮上，都被人磨得光光亮亮，这当然是师父练铁背靠时留下的印迹……"

静远道士仰面哈哈大笑，说："悟了就好！悟了就好！今后你再不怕围入万马军中……哈哈哈！"

冬去春来，静远道士见苏老秀的"靠"功已成，便带他一同去观那半盘残棋。这回，可是苏老秀开路，静远道士紧跟了。赶到石亭，一心法师正在静等，那半盘残棋仍然摆在桌上，只是棋子更换成烧饼一般大小了。

两位长老对面坐了,交起锋来。走了几步,一心法师说:"老秀,帮我把左边卒攻过河去!"苏老秀漫不经心,用手一推,不想那棋子纹丝不动。他心中不由一惊,改用两只手,使上全身气力,那棋子就像生根长在石桌上一般,急得他出了一头大汗。

一心法师微微一笑,轻轻撩起两个手指,向棋子上一按,便稳稳当当地把那个棋子粘了起来,挪到对岸边位上。

静远道士意味深长地说:"老秀,你不知这棋子乃生铁铸成,这桌面是一块吸铁石呀!"

一番话,说得苏老秀心中如拨云见日,他恍然领悟:这两位长老,是明里下棋,暗里练功啊。

(李光藩　搜集整理)

憨李忠傻练怪招

　　"去吧"是一门武艺。去吧在十八般武艺之外,可是比十八般武艺还厉害。如果不相信,请你听一段故事。

　　从前,有个小伙儿名叫李忠,祖上留下十几亩薄地,一家人没明没夜地苦干,日子过得也怪滋润。他家老几辈子都是大好人,常常受恶人的欺负。李忠长到十二三岁时,爹跟娘商量:"窝囊气受够了,咱忠儿虽然有点儿笨,可是怪有力气的,叫他学几手武艺,撑撑门事吧!"娘也点头说好。于是他爹就备了一份礼物,把李忠送到百里外碧河镇的樊东门下,拜师学武艺。

　　这樊东自幼在少林寺练了一身好武艺,在江湖上很有点名气,慕名前来学艺的人很多。这一年,樊东收了一百个徒弟。

　　在这一百个徒弟当中,数李忠年纪最小,长得最不起眼,矬墩个儿,憨头大脑,拙嘴笨舌。师傅看他是个穷人家的孩子,又少个心眼儿,就没有正儿八经教他,天天派他烧火打柴。

李忠想:杂活总得有人做,虽说耽误学武艺,多学几年也是一样的。所以他干得可欢了,每天做完杂活,也跟师兄们练儿下子。不过,李忠确实不大聪明,一抬手动脚就引得师兄们哈哈大笑,李忠心里说:笑啥哩,你们练十回,我练一百回,不信练不成!别人笑,他不笑,练得更带劲啦!

一晃三年,徒弟们该出师了。师傅樊东在徒弟临走时,都送每个徒弟一件武器,教一手绝招儿。九十九个徒弟都走了,只剩下李忠。

李忠说:"师傅,我心眼儿笨,这三年没学个啥,让我多学几年吧!"

樊东心里想:一块绞丝头木疙瘩,砍不尖旋不圆,成不了器,再学十年也是枉搭。就说:"不行啊,李忠,学三年就得出师,你回去吧!"

李忠跪下苦苦哀求,樊东说啥也不收留他。李忠见师傅那么坚决,也不好强求留下了,于是求师傅赐给他一件武器,再教一手武艺。

樊东摇摇头,什么也不给。李忠跪在他面前,怎么也不肯走。

樊东烦透了,心里说:你呀,生成是讨饭的料,给你一根打狗棍吧!于是就顺手拿了一根木棒棒,耍了一圈儿,扔在李忠面前,跺跺脚说:"去吧!"说完,就闭起眼睛,靠在椅子上,不理他了。

李忠高兴极了,心里想:师傅待我不错!不光赐给武器木棒棒,还教了抢棍子、跺脚,这一手"去吧"武艺,也不枉我学艺三年。他给师傅磕了三个头,捡起木棒棒,高高兴兴地回家了。

爹娘见李忠回来了,都急着问:"儿啊,这三年都学的啥呀?"

李忠说："学了去吧!"爹娘说："去吧是哪号子武艺呀?"李忠说："师傅待我好,这武艺只教我一个人,九十九个师兄都没学到呢!"爹娘听了,也喜得合不拢嘴。

打这天起,李忠白天下地干活,一早一晚就练去吧。只见他手舞木棒,"刷"地一抢,脚一跺,大喝一声:"去吧!"他白天练,晚上也练,一遍一遍地老是练。开头,他几天摔坏一根木棒,后来几下就摔坏一根。开头他使的是几斤重的木棒,一年后,换成了七八十斤重的,到三年头上,换成了两百多斤的大铁棍。

苦练了十年,李忠成了二十几岁的小伙子。他大铁棒一抢,"呼呼"风响,只见棍不见人,泼水不入;脚一跺,尘土四起,地都打颤颤;喝一声"去吧",指哪里打哪里,百发百中。村子西边岗坡上有一块大石头,足有一间房子大,有一天李忠耍到兴起,"唿"的一棒打在石头上,"轰隆隆"好像放了开山炮,大石头顿时开了花,碎石头块子满天飞,看的人吓得伸长了舌头,半天收不回去。方圆几十里内的地痞、流氓、恶霸,再也没人敢欺负他了。李忠喜欢打抱不平,专跟恶人作对,替好人出气,这一带人人都敬仰他。

李忠爹娘见人家夸儿子有出息,喜欢得合不拢嘴,说:"咱忠儿好,都是樊东师傅教得好啊!"爹娘经常对李忠说:"儿呀,该去看看师傅啦!"李忠也很想念师傅,每次去师傅家,总是带上一包袱礼物,用大铁棍挑着,背起来送去。

碧河镇经常立擂台比武。这一年来了个山东大汉,名叫沈魁,这人身高八尺,脸黑得像锅底,浓眉怪眼,鼻孔朝天,浑身黑肉起疙瘩,活像个黑煞神。他占了擂台,说是要会天下好汉。

樊东的九十九个徒弟都来了,谁都想上擂台露一手,樊东高低不准徒弟去。他说:"人家跑江湖卖艺,不过是为了糊口,咱们何必计较呢?"其实,他心里想:来者不善,善者不来,倘若输了,岂不坏了我的名声?所以执意不准徒弟们打擂,徒弟们急得心里直痒痒。

那沈魁立擂三天，也有几个打擂的，都是刚刚伸手就被沈魁踢了下来，从此再没人敢上擂台了。

沈魁又等了三天，见无人打擂，就哈哈大笑，在擂台两边立下两块大木牌子，一边写"艺压天下"，一边写"威镇碧河"。

碧河镇上的人非常气愤，纷纷去找樊东，请他出马打下沈魁的威风，给碧河镇挣回面子。樊东只是笑着摇头，就是不肯出马。

人们说不动樊东，就去找他的徒弟们。徒弟们早就憋了一肚子气，都认为那姓沈的太狂妄了，隔着门缝看人，把人看扁了，不把他打下来，真是太丢人了！经众人一鼓劲，他们就瞒着师傅去打擂。

樊东的徒弟们要打擂了！这消息一下轰动了四乡，来看热闹的人都往碧河镇跑，擂台下顷刻挤满了人。

那沈魁果然厉害，三下五去二，把樊东的九十九个徒弟都摔下台来，有的摔断了胳膊，有的跌折了腿。

这下子，樊东急得坐不住了，如果不亲自出马挽回面子，以后在这带还咋混下去哩？他换了衣服，来到台下，脚尖一点，"嗖"地蹿上了擂台。台下的人见樊东上了擂台，"哗"地一下拍巴掌齐声叫好，人人都说："老将出马，赢定了。"

沈魁见这阵势，知道来者不善，就格外小心。他们两人说了几句客套话，就动起手来，一来一往，拳脚相迎，闪挪蹿跳，各逞绝技，打得难分难解。台下的人看傻了眼，个个伸长了脖子，张大了嘴巴，眼珠子瞪得滚圆。他们两人斗了一百多个回合，不分胜败，樊东打得上了性，看准一个空子，飞起一脚向沈魁的小肚子踢来，沈魁闪身躲过，伸手去抓樊东的腿，樊东急忙收腿，可是已来不及了，被沈魁在鞋底上猛推一掌，一个"倒栽葱"从台上跌了下来，亏得徒弟人多，接住了他。虽然没有摔伤身子，可是已经热汗直流,呼呼喘气,上不得擂台了。

看的人一下子凉了半截儿,都说:"樊东打不赢,沈魁算是没敌手了。"

沈魁在台上哈哈大笑,大声说:"找个有本事的来吧! 我的武艺连个零头都还没有使出来哩!"

樊东和九十九个徒弟你看看我、我看看你,一个个垂头丧气。

这时候,李忠赶到了,说:"师傅,我上去收拾他!"九十九个师兄一听,都笑道:"你会啥武艺呀!"李忠说:"师傅教我的去吧,我练得差不多了!"樊东正没好气,骂道:"你别给我丢人现眼了,去吧!"

李忠听到师傅说"去吧",以为是叫他上擂台哩,就把礼物包袱恭恭敬敬地放到樊东面前,铁棒一捣,"嗯"地一声跳上了擂台。

看热闹的人泄了气,正想走,见有人上了擂台,又"嗯嗯啦啦"围了上来,纷纷议论着:"想不到半路上杀出个程咬金!"有人说:"樊东不行,李忠更是荞麦皮打浆子——不沾板儿。"

沈魁见李忠傻乎乎的,压根儿没把他放在眼里,拉长声音说:"小子,就你这样儿,也敢来打擂?"李忠"嘿嘿"一笑,说:"试乎试乎呗!"沈魁说:"擂台上打死人可不偿命啊!"李忠又是"嘿嘿"一笑,说:"你这么一说,我就放心了!"

台下的人听了,议论说:"这人只怕是疯了!""不是疯子也是傻瓜!"都替李忠捏一把汗。

沈魁见李忠拿着家伙,就提起一对黑虎铜锤,一只五十斤,两只整百斤。他铜锤一举,摆开架势,说一声"请",就泰山压顶般地向李忠打来。

李忠铁棍一抡,脚一跺,吼一声"去吧",这一声吼,好似炸雷,震得台下人人捂耳朵。他脚一跺,擂台忽闪忽闪的,那铁棍下去,"咣啷"一声,把那对黑虎铜锤打飞了百丈远。沈魁仰面摔下擂台,四脚朝天躺在地上,半天爬不起来。

一时间,台下巴掌拍得似刮风,叫好的喊声十来里外都能听得见。

李忠提着铁棍跳下擂台,给樊东行礼说:"师傅,那伙计只怕是个纸扎的人,经不住一棍子。"

九十九个师兄围着李忠,向他贺喜,问他咋练得这一身好武艺。李忠说:"我是按着师傅教的去吧天天练呗!"

九十九个徒弟一齐埋怨师傅:"去吧这么好的武艺,为啥不传给我们?"樊东脸上青一阵子红一阵子,动了动嘴,就是说不出话来。

(欧阳河　王岳松　搜集整理)

八百斤巧计拜师

大清道光年间，广平府城南关有个姓杨名露禅的，年纪三十多岁，因为家里贫穷，每天总是推一辆独轮车，以卖煤土为生。杨露禅生得虎背熊腰，肩宽膀圆，力气过人。他推的独轮车，一车少不了八百斤，足够半道街使用，所以人们开玩笑，有喊他"半道街"的，也有喊他"八百斤"的。靠着推煤土，杨露禅一家老小生活倒也过得去。

广平府城里西大街，有一家生药店，名叫"太和堂"，是河南温县陈家沟人开设的，掌柜的姓陈，几个伙计也都是陈家沟人。当时人们传说，这太和堂药店里，从掌柜到伙计都练一种拳术，名叫"太极拳"。究竟太极拳是什么样式，不光谁也没见过，连听也没有听说过哩，只是在每天早起或者晚上，练拳习武之声才从店内传出。有少数爱好拳术的人想看个究竟,但是由于太和堂店门早晚总是紧紧关闭,所以尽管人们留心,却总是看不到。

杨露禅从小爱好拳术,每天早起练拳,卖完了煤土,也跟几个拳友一起练拳习棒,近来他常听人们说起太极拳如何如何,心里好奇,总想看个究竟。这一天,他卖完了最后一车煤土,看看天色还早,就又架起独轮车,到五里大堤以外满满推回一车煤土,第二天一早,城门一开,他便推起车子,进了城门,一直来到太和堂药店门前,叫开店门,将车子推进店里。店伙计一见是卖煤土的杨露禅,也不介意。杨露禅一边卸煤土,一边偷偷观看,只见庭院里一没有刀枪,二没有棍棒,只有几个小伙计在一边练习推手,看其架势,软绵绵如同在河里游泳,慢悠悠似水底摸鱼。杨露禅心里不觉好笑:如此摸鱼之术,算得上什么技艺? 卸完了煤土,他一刻不停,便走出店来。之后,凡有人再提起太极拳如何如何,杨露禅总是付之一笑。

一天,杨露禅卖完一车煤土,从太和堂门前走过,只见店门内吵吵嚷嚷,挤满了许多看热闹的人。杨露禅放下车子,挤到跟前一打听,才知道原来是城里北大街外号叫做"赵家五只虎"的赵氏五兄弟,在店内缠着要退药。这时,只听店伙计说:"我们店里的药,没有半点虚假,都是入口之物,出门就不能退。要退,钱可以奉还,药必须带走。"只见为首的赵龙哈哈大笑,说:"实话告诉你吧,今天来退药,并不是为了几个钱,这药是叫退也得退,不叫退也得退!"说着,"啪"地一声便将药包朝店伙计的脸上摔去。说时迟、那时快,只见店伙计"腾"地伸出手来,药包子早已接在手里,随即轻轻一送,那药包便像长了翅膀一样,照着赵龙的脸上飞去。其他弟兄四个一见哥哥被打,立即招呼一帮无赖蜂拥而上,朝着店伙计打来。杨露禅在一旁看得清清楚楚,不由为店伙计捏了一把汗,心里想:这回糟了! 赵家五虎在城里哪个不晓,凭着练了几天拳术,在广平府为所欲为,不只是普通百姓,连官府衙门也怕他们几分，这一次能善罢甘休吗？这时，只见店伙计不慌不忙，来一个打一个，凡近身者，只一搭手，便一个个被抛至街心，久久不得起身。整个街道一下子轰动了。杨露禅心里不住地称赞："真是神技呀！伙计尚有如此本事，那掌柜的该有多大能耐？都怨自己的眼光太短浅了。"顿时只觉得脸上火燎燎的，随即推起车子，朝自己家走去。

打那以后，杨露禅还像过去那样，每天按时送煤土上门，卸了煤土就走，掌柜的给钱，杨露禅总是不要。一直过了几个月，杨露禅还是分文不收，掌柜的派人把钱送到他家里，杨露禅又原封不动送了回来，就这样，一直到年底。大年三十，店掌柜专门准备了一桌酒席，把杨露禅请到店中，酒过三巡，掌柜的才问道："常言说，'礼下于人，必有所求'。杨先生到底有什么事需要帮忙，当面请讲，只要咱店里有的，只管用好了。"杨露禅这才将想学太极拳的事说了出来。掌柜的一听，连忙说道："想学太极拳，不用作难，只是我的拳术太差，没有啥学头，我写一封信，你到河南陈家沟找陈长兴投师学艺，保险能学成。"说着，便取出纸笔，当即写下书信一封，交给杨露禅。杨露禅像得到一件宝贝似的，真是欢喜得不得了，回到家里，便说给母亲、妻子知道，随后安排了一下家小，准备动身。

刚过春节，杨露禅背着行李上路了。广平府离陈家沟有八百里的路程，杨露禅晓行夜宿，只用了四天工夫便来到陈家沟，很快找到了陈长兴的家门。见到了陈长兴，杨露禅急忙把书信呈上。陈长兴打开一看，见是太和堂陈掌柜的亲笔信，非常客气，又是沏茶又是让座，请杨露禅好吃好喝，但学拳之事，只字不提。杨露禅早就憋不住了，便恳求陈长兴收他做个徒弟，在这里学拳。陈长兴听了，微微一笑，说："这些年来，我早就不练了，拳术已荒废多年，恐怕会误你学艺。如果你实在要学，还望另求高门。"杨露禅一听，心中凉了半截，再三恳求，陈长兴只是不允，杨露禅无奈,只好告辞出门。来到村头一家茶馆里,他要了一壶茶,独自一个人喝着,心里说不上是什么滋味,苦苦地琢磨起来。

却说这天下了一场大雪,从头天傍晚一直下到第二天早晨方住,北风呼啸,天气变得十分寒冷,好似隆冬一般。陈长兴家里的人早早起来开门扫雪,见雪地里躺着一个人,仔细一看,是一个要饭的,浑身上下穿得破破烂烂,脸色乌黑,满身污垢,躺在雪地里早已冻得不省人事。家里人见了,连忙报于陈长兴。陈长兴出来一看,让人赶快抬到屋子里暖和暖和。停了大约一顿饭的工夫,那要饭的才慢慢苏醒过来。家里人问他是哪里人,姓啥叫啥,只见那人"哇里哇啦"一句话也不会说,原来是一个哑巴。既不知道姓名,又不知道身世,无家可归,陈长兴只好把他收留下来。因为他身强体壮,力大过人,担水扫地、生火做饭又非常勤快,所以家里的人都很喜欢他,他就这样留在陈长兴家里,当了佣人。

这个哑巴就是杨露禅,他经茶馆老太婆的点拨,换了一身破烂衣服,脸上涂些黑灰,黎明前躺在陈长兴家门前雪地里,装作哑巴,才混了过来。从此以后,杨露禅在陈长兴家里当佣人,白天担水扫地,生火做饭,干些粗笨活儿,一到晚上,陈长兴一家紧闭门户,灯笼火把把个院子照得通明,一家人便在一起苦练太极拳。杨露禅成了陈家的佣人,言行俱不见外,而且大家都知道他是个哑巴,所以对他一点也不介意,练拳时,他便悄悄站在一边窥视,一招一式铭记于心,等人家睡熟之后,又悄悄起来,一一练熟,方才合眼。每当十五月圆,陈氏全家子侄在院里比试,场面更是动人,每当此时,杨露禅便侍立于旁,用心观看,细心领会,认真琢磨。如此日复一日,冬去春来,不知不觉已经过了三年,杨露禅对于太极拳的所有套路、技艺、要领都一一精通起来。

这一天,吃过早饭,杨露禅收拾碗筷,擦洗桌凳,诸事一一料理完毕,便来到陈长兴跟前,双膝跪下,开口说道:"师傅莫怪,三年已满，我该回去了。"陈长兴听愣了，忙问："你不是哑巴？怎么会说话了？"杨露禅笑了笑，说："师傅，你不记得三年前广平府有个姓杨的带着书信前来投师的事啦？"这时，陈长兴才恍然大悟，说："你就是杨露禅？""正是。"说着，杨露禅便把他如何假装哑巴混进陈府，白天担水扫地、晚上练拳学艺的经过，前前后后全部说了出来。陈长兴听了，非常赞叹，便叫杨露禅行云走架，让大家看看。杨露禅便脱去外衣，抖抖精神，拉开架式，从拳架开始，所有套路，统统练了一遍，功夫纯真、熟练，均不在其子侄之下。在场之人无不称赞，都说："练得好！练得好！"陈长兴看了，非常高兴，说："既然你如此用心，那就再学三年吧，我再亲自教教你。"杨露禅听了，磕头又拜，陈长兴双手扶起。从此以后，师徒亲如手足，陈长兴将太极拳学拳之要领，连同使棍弄棒、刀枪剑戟之内功，一一耐心传授。杨露禅更是专心苦练，全力致学，始终坚持不懈。不知不觉又过了三年，杨露禅这才谢过师傅，离开陈家沟，回了广平府。

就这样，前后经过六年时间，杨露禅把太极拳的技艺第一次从陈家沟带回广平府。

（张长龄　李光蕃　搜集整理）

张三爷京都收徒

　　过去,北京艺人中有许多有名之士,他们的真实姓名已不被人知,但他们的艺名却四海传扬,其中有个叫"张三爷"的,更是个神奇人物。

　　一天,张三爷正在自己家门前的一棵枣树下乘凉,这时来了一群小伙子,领头的是个大个儿,他指使几个小的用砖头、石块砸树上的枣儿。没料到一块块石头落下来,眼看要砸在张三爷那刚剃过的亮光光的头皮上,张三爷却不慌不忙地用手指一捏,接住一块儿,又一捏,又接住一块儿,砖头、石块全叫张三爷给接住了。小伙子们都看得惊呆了。大个儿说:"真玄哪,这老头儿要是没有点本事,脑袋非叫咱'开瓢儿'不可!"他们好奇地围上来,见张三爷一会儿一伸手用两只手指捏住一只飞来的蚊子,一会儿一伸手又捏住一只……一眨眼，竟捏了七八只蚊子。小伙子们又看呆了，停了半晌，说："老伯伯，刚才我们几个打枣儿时没看见您，石头差点落在您身上，真是对不住！"张三爷说："没什么，吃枣儿还不容易？以后别用石头砸啦！"说着，用手掌往上一托，只见那枣儿"劈里啪啦"地掉了一地。张三爷笑着招呼说："别愣着了，快吃吧！"

这时，只见领头那大个儿"噗"一下跪在地上，说什么也不肯起来，非认张三爷作师傅不可，弄得张三爷没办法，只好进院儿去了。谁知那大个儿跟在后边，"嗵嗵嗵"地用腿跪着爬进院里。张三爷一看大个儿还真心诚，就说："行啦，明儿三更天大枣树下等我。"

第二天天大亮了，张三爷才起来，看见那大个儿果真在枣树下等着呢，张三爷说："你真来啦？""我三更天就在这儿等着您了！"张三爷看他一眼，说："明儿三更天你再来吧！"第二天，张三爷又一觉睡到天亮，起来一看，那大个儿又站在枣树下等着。张三爷又一摆手，说："今天还不行，你明儿三更天准时来。"

这回，张三爷果真在那里等着他了，问他："说吧，你想学什么？"大个儿说："我想学您那手掌向上一托、枣儿全落下来的功夫。"张三爷说："好吧，你跟我来！"说完，带着他出城，来到野地里的一口水井旁。张三爷把手往井里一伸，再往上一提，那井水"哗哗"地就上来了。张三爷说："你每天这个时辰来这里练抓水。"说完，自个儿走了。

从这以后，大个儿天天三更天出城，来这里练抓水。练了整整半年。这天，张三爷到井边一看，只见井边的石头栏儿让他用腿磨出两个浅坑儿。张三爷笑着说："孩子，不错，你学成了。"大个儿感到很奇怪，说："师傅，这离学成差远哩！您看，这水我还抓不上来呢！"张三爷说："你抓一下我看看。"徒弟伸手朝井里抓，张三爷只按住他的肩往上一提，只见井水"哗"一声溢出了井面。

大个儿又按师傅的"斤劲儿"试了试,果然把水提上来了。大个儿开心得咧着嘴傻笑起来,张三爷说:"今后可不能乱来,千万不能动手动脚地惹是生非。"

大个儿回到家,正在兴头上,他妈叫他干活去,到底是孩子,一犯倔,用手一挥,他妈被推出去老远,贴在了墙上。他吓坏了,赶快跑到张三爷家,说:"师傅,我惹祸了,我把我妈贴墙上了,您快去看看吧!"张三爷急了,赶去一看,一步上去,上上下下一摩挲,他妈才"哎哟"一声喘过气来。大个儿赶快给母亲跪下,从此再也不闹脾气了。

后来,张三爷看这大个儿有出息,就把自己"接飞箭"的绝招儿也教给了他。从此,大个儿也能捏蚊子了。

（张嘉鼎　搜集整理）

天 外 有 天

莫在人前夸海口，
强中还有强中手。

占石猴拳败无敌

　　清朝末叶,闽浙交界一带拳风大盛,到处设拳馆,争相请拳师。

　　这些天,从浙江平阳过来一个人。此人姓王名铁骨,长得腰粗膀阔,眼若铜铃,一张脸膛又红又黑,光看那个架势就有三分吓人。更令人骇怕的是,他挑着一副铁箱,箱上横着两只铁锤,要吃要喝之时,他一不向你求乞,二不开口说话,只要进店把铁担往你柜台上一搁,全新的柜台会"咔咔"响,稍旧的柜台顷刻歪斜塌陷。因而,沿街店号知道惹他不起,总在他未曾撂担之时,便抢先把羊羔美酒摆到他面前了。

　　不过,说起来也奇怪,这么厉害的人,就是没人请他教馆。

　　为什么呢? 原因有二:一是他长相怕人,脾气凶暴,人们怕吃他的亏;二是他的扁担头前挂着一块铜牌,上面刻着四个漆金大字:天下无敌。人虽长得武相威猛,铁担也证实他的厉害,但功夫到底如何,未曾见识。若果然天下无敌,自然是好;若蛮而功浅,又有那么一块牌牌,四方高手岂不找他较量?谁请他,还不惹个鸡犬不宁?所以连日来,他走村串巷,辗转各处,也没有遇到一个敢和他比试的高手。

王铁骨心中好不得意,禁不住哈哈大笑,一路行来,高声叫喊:"拳打南山猛虎,脚踢北海蛟龙,俺天下无敌来也——"真个张飞再世、武松重生的味儿。

一日,他路过一个地方,山上、山下有两个村子,山下大村有五百余户人家,山上小村只五户人家。有趣的是,山上小村有个村名,叫"天下第一"。听过路人说,那小村风水好,出过武状元,皇上曾钦赐它"武功天下第一",故而得名。

王铁骨闻听此言,心里喜煞了:哈哈,终于找到一个对手啦!老子天下无敌,它天下第一,不较量较量还行?他把铁担挑进了天下第一村。

刚进村口,王铁骨便看见一堵塌了半截的屋墙上,有人用木炭歪歪斜斜地写了四个斗大的字——天下第一!呸!王铁骨决心找此人比试比试,决个雌雄。

他挑着铁担大踏步冲进那幢破屋。

扁担落处,中厅的八仙桌"咣啷"一声,四脚趴下了。响声惊动了内屋主人,出来一对白发苍苍的老夫妻。老人一看架势便知来者不善,忙不迭地给王铁骨端茶递烟。

王铁骨叉开双腿,腰巾一撂,问二老:"呔,打问一下,此地可有个'天下第一'?"两位老人秉实相告:"有,有。"王铁骨指着老丈,嘴唇一翘,说:"那好,请你通禀一声,就说我要见见他。"

老汉大吃一惊:"什么?他已经死了八百多年啦!"这下子王铁骨火了,一脚踢翻椅子,揪住老人的衣领说:"你骗人!那墙上的乌炭字,也是八百年前写的? 你说,那是谁写的? 不老实,看我敲断你的老骨头!"

老人没法,只好照实相告,说那字是他的孙子写的——小孩子听老辈人说故事,一时兴起,乱涂的哩! 他才十四岁,跟一个老羊倌学放羊。老人请王铁骨一定手下留情。

王铁骨眉头一皱,心里打了个转:既然进了天下第一村,不把他们的祖传威风扫一扫,也有损我天下无敌的威名。于是他便宽宏大度地坐下来,说:"好说,好说,待比试之时,俺让他打桩得啦。"

"什么什么? 师傅要同我小孙儿比试?"二老听罢,吓得魂不附体,连忙跪下给王铁骨叩头:"英雄哪,好汉哪,那可万万使不得呀! 我们儿子不幸早逝,膝下唯这小孙儿一条根哪,师傅您好汉不跟妇人斗,大人不计小孩仇,就饶了他吧……"

老夫妇百般求情,王铁骨心机一转:也是,打败一个无名小子,实在也有失自己身份。于是他提出条件:不比试也可以,但要在村口摆下香案,杀全猪全羊犒劳他;由村里有身份的人带头,当场铲除村口那"天下第一"四个字;再有,全村人放鞭炮跪送他下山。

二老连连叩头,表示应允。

那一夜,王铁骨吃了老夫妻俩的大公鸡,喝了陈年老酒,乐滋滋、昏沉沉地睡着了。他做了个梦:阵阵牵山响的锣声,闹哄哄的人声,好不热闹……嘿,大伙儿恭恭敬敬地跪着,头顶香盘送他哩……

正当好梦正酣之时,他被催醒了。二老向他恭禀:外面已日出三竿,不但本村倾村出动,就连山下大村也来了大批人,大家都想一睹师傅风采;猪羊已杀好,香案已摆毕,只等他天下无敌大师傅出场见面了。

王铁骨好不得意,跑出去一看,果然如此。他返身挑起铁担,迈开虎步,一摆一摆地向香案前走去。

二老搬来太师椅,让王铁骨在正中坐定。

此时,人群一阵骚动,只见一位腰间扎着一条草绳的少年蹦蹦跳跳地进了场,他的身后跟着一位粗布短打的老汉,腰插烟杆,神情严峻。

老汉抱拳向王铁骨施了一礼,又向四周的人们施了一礼,朗声说道:"众位乡亲,俗话说,规矩可立不可破。本村虽小,骨气犹存;谁人欲损我一土,欺我一人,必欲与我村人先行比试。若胜,照章相送;若败,倒立称父。只因我老汉管束不严,童子占石猴无知,妄书'天下第一',故此获罪无敌师傅。事出无奈,只好照章行事——"

王铁骨霍地站起,说道:"宝刀不斩豆腐,好汉不斗童妇,请派村中高手。"

老汉道:"村人有约,一人做事一人当。"

少年说:"嘻,我是'天下第一',你不敢比了?"

王铁骨恼羞成怒:"是比死,还是比活?"

老汉说:"既然比试,死活就由天了。"

比试开始,照样礼让一番。小石猴说,无敌师傅是客人,应该让他打桩,可先下手;王铁骨执意不肯,以为有失自己身份。争执结果,老汉主持,按规矩办事:客家打桩,主家坐桩,不分长幼。

这时,王铁骨退到百步之外,准备进攻;小石猴一机灵,"噗"地跳上太师椅,抱拳曲腿专候。

王铁骨一看,肚里暗笑:可惜一个小生命!

全场鸦雀无声。

王铁骨抱拳一揖,腰劲一刹,一声山摇地动的猛喝,按拳路打了第一局,到达离小石猴七十步之处。王铁骨刹脚一看,只见小石猴蹲在椅子上,咧嘴嘻嘻笑,好像看热闹。心想:真是无知毛猴,死都不怕!

场外发出小小的议论声,不知说些什么。

王铁骨又一个坐马式,开始进入第二局。他的拳法确实好,拳脚利索,弹跳无声,看客们只觉得眼花缭乱,目不暇接。一阵落地旋风,收脚立定之时,王铁骨距小石猴只有三十步之远了,可对方依然毫无动静。

王铁骨不觉惊诧:这个小东西,到底拜的哪门师,学的何方拳,为何一点也不防备呢? 莫非他有什么神仙妙术? 嘿,怕他作甚! 他就是浑身是铁,俺只须两个指头,就能把他轻轻一捏,扔到山下。

场上围观的人却憋不住喊出声来了:"石猴,石猴,你该使法子啦!"

小石猴还是蹲着,似乎压根儿就没听见,王铁骨真怀疑他吓傻了。

"呸!"王铁骨飞脚拍腿,开始打最后一局,"鹞子翻身"、"蟒蛇绞树"、"猛虎扑食"……"呼"的一声,眼看离小石猴只有十步之距了——

全场惊呼:"石猴! 坏啦——"

王铁骨声威并下:"来啦——"

说时迟那时快,只听小石猴接过王铁骨的话尾声,大喝一声:"来得好!"

"噼啪!"

"啊——"

谁倒了? 谁倒了? 人们纷纷睁眼看,惊魂乍定之时,只见王铁骨双手抱着眼睛,在地上打滚。

这时,粗衣短打的老汉向王铁骨走去,伸出双手扶起了他。老人语重心长地说:"大兄弟,武林中有句老话:功深德益高,童叟应无欺,莫谓强中手,还有意外人。睁开眼,下山去吧!"

王铁骨听了头也不敢抬,连滚带爬地向山下逃去了,他的铁担、铁锤,还有那块"天下无敌"的铜牌,也不要了。

人们围住了小石猴:"傻小子,你用什么神仙法呀?"

小石猴摊开右手:手心里是一粒拇指大的卵石。老汉顺手捡起一块土团,向空中抛去,小石猴俯身闪电般地从胯下扔出卵石——土团在空中炸开了。

老汉说:"这是打羊角的百日之功。"

全场人恍然大悟。

(方 华 搜集整理)

小丫头力坠千斤

　　有一天,在天津的估衣街上,有一位农村来的中年汉子,赶着一辆排子车,给一家杂货店送烧火锅用的木炭,车上还坐着个七八岁的小丫头。

　　驾辕的小灰驴跑惯了乡下僻静的土道,一来到这闹市街头,蹄脚拿捏不稳,一下子,小排子车轧了横在地上的两捆甘蔗梢。

　　这甘蔗的主人名叫肖辰武,经营"赶阳"发鲜货小地摊买卖。他一见自己的甘蔗被轧,顿时火冒三丈,一蹦老高:"呔!瞎了眼的乡巴佬,你赔——"

　　那乡下汉子赶紧打拱作揖:"二爷,请息怒,只轧着点甘蔗梢,我看将就着能卖出去,何必这么大动肝火?"

　　"呸!'将就着卖'?卖你姨的×!""你、你怎么出口伤人?"

乡下汉子边说边拉住驴嚼子，一甩手将赶驴的小皮条鞭子甩到车上，双手抱拳，又赔了个笑脸："二爷，你这就不对了，我已经赔了不是，干吗非还得'逮着蛤蟆攥出尿'呀？"

这位自小"赶阳"的肖辰武，生得膀阔腰圆，又值年少气盛，见乡下汉子不卑不亢，说出话来软中有硬，愈发来了怒气："赔我！不赔，我让你竖着出来，横着回去！"

这时，周围看热闹的人越来越多，一时议论纷纷，大感不平。

闹声惊动了对街闻名遐迩的"谦祥益绸缎庄"少掌柜。这位少掌柜是个好玩喜闹的少爷，一听闹声，来了兴趣，便端起一把油红锃亮的宜兴小茶壶，溜溜达达走下楼，慢悠悠地走过来问道："辰武呀，一大早，你喝三吆四的，也不怕伤了元气，嘻嘻——"

"哟，是少掌柜哟？"肖辰武慌忙毕恭毕敬地打了个招呼，"您不知道哇，少掌柜，他轧了我的甘蔗……"

"瞎！小事一桩，赔得起让他赔，赔不起就让他走吧，你也不怕搅了自个儿的买卖？"

"让他走？往哪儿走？您看他那劲头，又阴又损，明着是道歉，可话里满是刺，根本不服爷们！"

"嗨，辰武呀，你真有这份闲心，他一个乡下人，土头土脑，见过多大的天儿？算啦，算啦——"

然而，肖辰武见那乡下人丝毫没服软，心里窝火，哪肯善罢甘休，非要较出个真来不可！

少掌柜看出势头来了，眼珠一转，就改了话头："我说这位老乡，你轧了人家的东西，也该服软，别像茅屋的砖头又臭又硬呵！"

赶驴车的乡下汉子依旧一副不卑不亢的架势，面对身着缎面马褂长袍的少掌柜大声嚷着："你这大城市的人，就会跟我们土包子逞英雄，真有能耐，找横碴去呀！"

少掌柜挨了这顿抢白，脸上有点挂不住了："还他妈找横碴的？我看你就够横的！辰武，咱不难为他，你就露一手，也让他开开眼！"

肖辰武是个虚荣心强的人，加上自己有点功夫，正愁没处显能，听少掌柜一说，马上起了兴头，"嘶啦"脱下了上身棉袄，一晃膀子推开了围观的人，直挺挺站到街心。

"少掌柜，玩大架式还是使小招儿，您点吧，咱让这小子长长见识！"

"亮亮你那'鹰爪利'！"

肖辰武环顾四周，眨巴眨巴两只小眼睛，说："少掌柜，您看哪合适呢？"

少掌柜回身一指自家店门口那高大的拱形门楼："来！我家的地方，你随便来吧！"

肖辰武深深吸了一口气，然后又嘟起双唇，徐徐吐出，这才扬起右臂，翘起两个指头。他眯缝着眼睛，对准墙角上的一块青砖，瞄了好一会儿，突然"嗨"一声，这块牢牢砌在墙上的青砖，竟然脱缝而出，平平地落在地上。

"好！"人群中爆发出一阵喝彩声。

"这小伙子，有功夫！"

"'内练一口气'，这叫力拔千斤哪！"

在围观者的惊叹声中，有人拾起地上的棉袄，给肖辰武披在肩上。肖辰武拉了拉衣襟，披着棉袄，脚下摆着丁字步，得意地倾听着人们赞美、奉承的话语。

少掌柜那张胖乎乎的大圆脸，更喜得泛起了红光，他回身把宜兴茶壶递给身边的小孩，然后冲着大伙一抱拳："诸位，你们看看我这兄弟的功夫如何？"

"太棒了！"

"好。承蒙大家夸奖，我也跟着沾点光。今儿个我有点闲心气儿,我看就让辰武索性来个以武会友,哪位过来跟他比划比划?"

少掌柜嘴上这样说,但他心里很清楚:按现在围观的人中,不会有人贸然招惹肖辰武的,他这只不过一时兴起,随便凑个趣,开个玩笑罢了。

谁料他话音一落,那个乡下汉子走过来,一指坐在车上的小丫头,随口说:"二位爷,若不嫌弃,让俺这丫头陪你们玩玩!"

"她?——"少掌柜和肖辰武同时打了个愣怔。

那乡下汉子招招手,只见车上的小姑娘一纵身从车上飘下来,然后爬到车肚下,仰脸攀住车盘。乡下汉子朝肖辰武招招手:"这位爷,你也过来,我把驴卸下来,车上的炭也卸下来,就这样,你甭管使啥法子,要能让这排子车挪动一下,这车炭归你啦!"

围观的人顿时兴高采烈,骚动起来。

肖辰武起初还有些犹豫,他摸不清这乡下佬的葫芦里到底卖的什么药。但是一会儿,见乡下汉子牵走驴,卸了炭,这才清醒过来:堂堂五尺大汉,能叫这小毛丫头镇住?他一挽袖子,冲到排子车前。

车盘下的小丫头,两脚离地,双手牢牢抓住车盘上的一根横杠,像一个顽皮的孩子在闹着玩。再看那乡下汉子,撇着嘴,眯着眼,一副嘲弄神情。

这一下可激怒了肖辰武,他"嗨"了一声,抡起双臂,使出吃奶的劲头,照着排子车猛力一推。

小排子车纹丝不动。

肖辰武低头看了看两只车轱辘,心里好生纳闷:莫不是打了桩儿!

乡下汉子哈哈大笑道:"你就推吧! 再推三下,俺不会使假,这是俺丫头'千斤坠'的功夫!"

　　肖辰武又"嗨嗨嗨"连推几下，那小排子车依然纹丝不动，这一下他傻眼了，回过头来，直朝少掌柜眨巴眼。

　　少掌柜感到这乡下汉子定有来头，他一拱手："请问你，你是哪个地方的人？"

　　乡下汉子边装烟边回答："呵，小地方，俺家住河北黄骅县羊三木村。这位爷，让你见笑了，小丫头这功夫哪点不对头，还望多多指教！"

　　少掌柜一拍后脑勺，兴奋地大叫起来："'羊三木、吕家桥，雁过都得拔根毛……爷们儿不在家，娘儿们也不饶。'好！今儿个算我开了眼！"

　　经少掌柜这么一提醒，肖辰武和那些围观的人好似大梦方醒，顿时肃然起敬。

　　少掌柜说："算他有眼不识泰山，来，我替他恕个罪吧！"说着朝乡下汉子深鞠一躬，"您好不容易来到在下的门口，怎么样？再给我们露几手吧？"

　　"对，从羊三木来的，哪个也会几下子，露几手！"人群中有人也跟着大叫大嚷。

　　"谢谢！谢谢啦！"乡下汉子抱拳，作了个罗圈揖，"谢谢少掌柜抬举，俺一个土包子，哪里练过啥真功夫，不过是闹着玩的。——这么着吧，刚才这位二爷拔掉你家门楼墙上的一块方砖，我呢，再给您砌上，挺好的砖墙，少块砖不好看。"

　　说着，乡下汉子低头找到地上那块砖，然后用脚尖轻轻一挑，砖就稳稳地落到那只抬起来的脚面上，"诸位闪闪，俺献丑了，嘿——"

　　乡下汉子抬脚照准空了一块砖的墙角弹了一下，但见那块青砖准准地插进砖缝，竟然完好如初，不差分毫。

　　人群中欢腾了："好功夫，这辈子咱头一回见啊！"

　　乡下汉子依旧不露半点声色，一转身，冲肖辰武拱拱手："二爷,你能力拔千斤,这会儿再试试吧,若能把俺刚放上的这块砖拿掉,俺连驴带车一并奉送!"

肖辰武都看傻眼了,愣了好半天,这才迟迟疑疑走到墙边,仔细地打量那块刚弹上的青砖头。说实在的,这会儿他心里再也没有什么炫耀自己功夫的兴致了,但他有点不相信这一切是真事,于是一咬牙,抬手去拔那块砖。可是,不管他怎样用力,那砖却纹丝不动。

乡下汉子已麻利地套好车,说声:"借光,借光,俺该走喽!"一挥小皮鞭子,扬长而去。

(韩 冬 搜集整理)

结师徒功胜一筹

寿州府有个双庙镇，每逢大集十分热闹，这天是庙会，更是人山人海，热闹非凡。

时近中午，街上来了个年轻后生，手拿一长木棍，边走边舞，目中无人，吓得来往行人四面躲避，街上顿时大乱。

这一乱，惊动了一个老者，此人大约六十多岁，一身乡下人打扮。他见这后生走路东倒西歪的，料定是喝酒过量，所以在此出丑卖乖，于是就走上前去，伸手抓住长木棍，说："后生家，舞棍弄拳应到空地上去，这街上……"

谁知他话没说完，那年轻后生松开双手，一抱拳说："好，够朋友！小的在振远镖局备下一桌酒席，请你赴宴，咱们可是不见不散啊！"说完，扬长而去。

老人愣了,心想:这肯定是个疯子,要不然,我与他互不相识,干吗请我吃一顿? 他摇摇头正想转身走,一个中年人拦住他说:"老哥,你是外乡人吧?"老者说:"对,我还是第一次到这双庙镇,老弟有何见教?""你知道刚才那个请你赴宴的是什么人吗?""不就是一个疯子么?""不,他是这里振远镖局的少东家,名叫阿四,他有四兄弟,个个武艺高强,四个媳妇也是武林高手,有几下绝招。阿四自称'天下无敌',事实上邻近也确实没人敢同他比武,所以他经常要到街上舞棍子,一来摆威风,二则寻找对手,谁要是接了他手里的棍子,他就要跟谁比武。所以说,他今天请你赴宴是假,要同你比个高低是真。现在你想一走了之,那是不可能的。"

老者一听急了:"天哪,我不会武功,再说年纪一大把,他和我比武还不是钢刀切豆腐? 这可怎么办呢?"中年人说:"既然这样,你得赶快上门求情,讲几句好话,也许他不会难为你的。""多谢指点,我这就去。"老者告别了中年人,直奔振远镖局而去。

谁知越急越出事,半路上老者与一个卖碗的相撞,将人家挑着的一担窑货撞翻在地,砸了个七零八落。他想:我今天怎么啦? 一件事没了结,又一个祸水粘上啦! 忙说:"对不起,对不起,损失我赔。"

谁知卖碗人不但没发火,反而笑笑说:"没事没事。我看你行色匆匆,像有什么急事?""唉——"老者叹了口气,把刚才遇到的事从头讲了一遍。不料卖碗人听完哈哈大笑,说:"这有啥好急的? 不就吃一顿饭吗,我这人就贪个吃,你就带我去吃一顿,这损失也不用你赔了。""老弟,不光吃饭,他还要比武呢。""比武就比武,怕啥! 你就把我当你的徒弟,一切由我对付,你只管坐着吃就是。"

就这样,老者带着卖碗人一道来到振远镖局。

几个彪形大汉早已候在门前,并将他们领进了客厅。老者抬头一望，只见大厅正中摆着一张八仙桌，桌子三面放着木凳，而上首客座是一把藤椅。这藤椅可不一般，四条腿是四把钢刀，中间还有一把。五把钢刀组成了梅花形，而且刀尖全部朝上。一个大汉指指藤椅对老者说："你请坐。"

老者正犹豫，卖碗人抢前一步说："师傅，每次做客，您都坐上座，今天就让我坐一次吧。"说着，不管三七二十一就一个"沉睡坐马"，稳稳当当地坐到了藤椅上，并说："师傅，您也坐。"老者这才长长地吁了口气，坐到了木凳子上。

他刚坐定，只听一声吆喝："上茶啦——"四个女人一人手捧两杯茶来到桌边，两脚一踮，跃起一丈多高，将手中的茶杯放在了房梁上，然后落地站定，说："客人，请用茶。"

好家伙，将茶杯放到梁上，叫人用茶，这不是开玩笑吗？可这难不倒卖碗人，只见他双腿稍一使劲，蹿上去一丈多高。他左手伸直，右手一扫，将八只茶杯全部送到左胳膊上，接着身子轻轻落到地上，左手一抖，又将八只茶杯平平稳稳地放到桌上，滴水不洒。

他这一手厉害，顿时将在场的人全镇住了，一个个惊得目瞪口呆。一个大汉急忙跑回去向阿四报告："四爷，这师徒两个可是好手啊！"他把刚才的情况一说，"你看，徒弟都这么厉害，师傅还了得！这武还比吗？"阿四说："我就不信，世界上还有人能超过我。比！"

老者和卖碗人被请到了练武场。他们抬头一望，好家伙！各种兵器琳琅满目，四周男男女女站了很多人。老者问卖碗人："你行么？""师傅，您一百个放心，他是'天下无敌'，我是'无敌天下'！"

卖碗人说完来到场上，往石凳上一坐，石凳子成了三段。他见场边有个石碌，假装提鞋，抬起左脚往上一踏，石碌又碎成了好几块。这一来，别说看的人傻了眼，连阿四的父亲——老镖头也大吃一惊,于是连忙出场,对老者抱拳施礼,说道:"老英雄,你这位徒弟堪称武林高手,请你高抬贵手,这比武就免了吧。我儿子有什么不到之处,还望多多包涵。"说完将他们拉进客厅,设宴招待,老镖头的四个儿子也被叫来作陪。

卖碗人今天凭自己一身功夫,抱打不平,制服了号称"天下无敌"的阿四一家,救了这个乡下老头,觉得非常得意。因此酒过三巡之后,话也多起来了。当他听老者说出"练武应该是为了强身自卫,决不可逞强斗狠、寻衅闹事"这样的话以后,就笑笑说:"实话跟大家说,我和这位对武功一窍不通的老哥根本不是师徒关系,而且素不相识。今天在街上,当我得知他受到刁难时,就决定拔刀相助,因此我就挑着碗担故意与他相撞,目的是跟他同来,杀杀你们的傲气。'天下无敌'不是那么好称的,还有我哪!"说得阿四低下了头,闷声不响,老镖头则连连说好话。

酒足饭饱,老者告别了老镖头一家,和卖碗人一道离开了振远镖局。一看天色不早,急忙赶路。他们边走边淡,不觉来到一条山路上。这里路很窄,路边是悬崖峭壁,卖碗人说:"老哥,你可走好,要是从这里掉下去,我死不了,你可就粉身碎骨啰!"老者笑笑说:"不见得吧,不信就试试。"卖碗人连连摇手:"不行,不行,不能开这样的玩笑。"哪知他话音刚落,老者竟纵身一跃下去了。只见他双脚在绝壁上轻轻一点,身子直向深渊对面弹去,在空中几个空翻以后,稳稳地站在对面的小路上,冲卖碗人一抱拳喊道:"年轻人,青山不改,绿水长流,后会有期。"

这下卖碗人惊呆了,连叫:"啊,高手,真正的武林高手!"待他清醒过来,急忙从前面的独木桥上追过去,可是除了路上那一串深深的脚印以外,哪里还有人影?他扯开喉咙喊:"师傅——师傅——"但只有一阵阵的回声,却无应声。

他猛一回头,只见路边石壁上,老者用金刚指刻下一行字:山外有山,天外有天!

(张友俊 搜集整理)

双比武蓬荜生辉

　　清朝光绪年间，直隶广平府永年县南关出过一个名人，叫杨露禅。他三下陈家沟，投师陈长兴，下了三六十八年的苦功，学会太极神拳。后经刑部侍郎武汝清推荐，进京到瑞王府授艺。一时间，京城武林高手纷纷寻上门来比试高低，却总是一个个乘兴而来，败北而去。杨露禅从此名声大噪，人称"杨无敌"。

　　这事儿惊动了一名深居内宫的武林高手、八卦拳的开山鼻祖董海川。董海川几次想登门拜访杨露禅，又恐有失体面，心中七上八下拿不准主意。一日，他耳热心动，再也忍不住了，便派徒弟执请柬过府邀杨露禅小酌。

　　这天，董海川叫徒弟买鱼买蟹、杀鸡宰鸭，中午时分，在花厅置桌搬椅、安盘布筷，一切准备停当，董海川静候杨露禅前来。

这董海川平日有个午休习惯,此时静了下来,只觉着眼皮沉重,朦胧之时,觉着眼前人影一闪,再睁开眼,只见桌上摆着一个装潢十分考究的礼品花篮,内装"稻香村"各式糕点一份,"杏花村"老窖好酒四瓶,红色缎带上用金字写着:杨露禅拜上。花篮下还压着一张纸条,上面写着:老拳师小憩,露禅不敢打扰,权且告退,失礼!

董海川心中一惊:好个杨露禅,我刚一眯眼,你就给我来这一招,真乃武林高手也。可你也太不够意思了,难道我董海川想见你一面,你都不肯赏脸吗?好!明日我原礼奉还。

话说第二天,杨露禅刚刚晨练完毕,他的大门便被人拍响,开门一看,街上悄无一人,杨露禅自觉被人戏弄,心中火起,直冲天灵盖。再朝门前树上一看,一个黑影一闪而过,杨露禅拧身一纵上了门楼,四面房脊披露,白色一片,并无半点脚痕。

杨露禅心里一动:来去无踪无迹,此乃武林轻功之上乘也!

他忙飘身下房,关门进院,进得大厅,见迎门桌上稳稳当当放着一个礼品花篮,仔细辨认,竟是昨日自己送董海川的那个。只见花篮下也压着一张纸条,上面写道:太极名师杨露禅,送礼进府不见面,有礼无人不算'理',今日隐身把'礼'还!董海川。

杨露禅正在聚神看纸条,次子杨班侯进得厅来,伸过头来一看,大怒道:"好个八卦董,如此狂妄!"他一把提起花篮,对杨露禅说:"爹,八卦董一定用心不善呀,让孩儿去治治他!"说罢,推门而去,头也不回。

杨班侯初生牛犊不怕虎,提了礼篮风风火火来到董府门外,大声吼道:"董老拳师,接礼来呀!"隔着门楼便把花篮向院里投去。

谁晓,这东西刚飞上门楼,便见一道白光,董海川一个"燕子抄水"之势轻轻把它接在手中,大声道:"班侯来送,我定收下,请!"

杨班侯见董海川身手不凡,也提身飞腿上房,谁料到脚未贴瓦垅,便被宗师轻轻用手一托,隔着一层院落,请到客厅太师椅上。杨班侯羞得面红耳赤,自叹功夫不如,坐在太师椅上直发愣。

董海川不语,进内院拿出一个羊皮匣子,客气地说:"有来无往非礼也,请你带回一件薄礼给令尊大人,请笑纳。"杨班侯此时还有什么话可说,拿了羊皮匣子就打道回府。

到得家来,杨露禅打开一看,匣子里原来装的是一件薄如蝉翼的杭纺真丝大衫,并有一纸条写道:送此应时衣,请君莫嫌弃!杨露禅抬眼望窗外,眼下正值三九隆冬、滴水成冰的季节,送这薄衫,不是明明摆着要看我的内功如何?他二话不说,脱掉身上的皮袍,就换上这件真丝大衫,穿北海,走前门,进天坛,逛天桥,什么地方人多,他就往什么地方去。

这天,迎面北风"呼呼"刮着,漫天雪花飞舞,可杨露禅却穿着真丝大衫走在街上,光头上热气蒸腾,脸似三月桃花红润,谁离他近了,好似挨近一个大火盆。杨露禅大街上走一遭,可闹翻了一个北京城,杨露禅这件杭纺大衫,直穿了三九二十七天才换下来,武林中谁见了不竖大拇指呀!

过了年,一晃春过夏到,三伏天里,董海川也收到杨露禅捎来的一个羊皮匣子,内装一件关东二寸厚的白板老羊皮袄,梨花笺上写着:隆冬送衣人情重,三夏还裘意更浓,想见庐山真面目,冷暖相宜各不同!

董海川自然不甘认输,当下就穿上这老羊皮袄,整整过了一个三伏,汗不上头,衣不湿背,有一天竟还拿了一壶老烧酒,对着烈日自斟自酌呢!

三伏过后,董海川给杨露禅捎去一封信:吾兄进京三载,恨无亲睹金面之机,今备小酌,请下临寒舍,弟愿聆听赐教!

几番来往,杨露禅早已识得八卦董是难得的知己,他立即收起纸条,直奔董府而去。

酒过三巡,菜过五味,董海川道:"兄乃太极泰斗,今日到来蓬荜生辉,我想借着酒兴看上一回太极神拳,不知杨兄肯否赏光?"

杨露禅连连摆手:"董兄乃八卦开宗师,我一山野村夫,今日高攀上座,倍感荣幸,借兄一方宝地献丑,更觉三生有幸也!"

话罢,仆人前面引路,两人随后,过了月亮门,来到一个开阔的院落里。

杨露禅微微一笑,抱拳说道:"献丑了!"脱去鞋袜,飞身上了梅花桩,神气内敛,身轻如燕,手、眼、身、法、步都恰到好处,真不愧下了十八年的苦功。

"好!真乃一绝也!"大家正看得忘神,忽然谁叫了一嗓子,回头看,原来是头戴金冠、腰束玉带的恭亲王爷驾到。杨露禅忙飘身下桩,抱拳施礼。

恭亲王上前拉住杨露禅,说:"真是百闻不如一见呀,海川这边这么热闹也不叫我一声,怕我偷走你们绝技吗?"董海川知道恭亲王这是在打趣,笑道:"亲王公务繁忙,我们未敢惊动!"谁知恭亲王紧追不舍:"这就不对了,要看双雄绝技,何惜江山万里!你们今天该让大家一饱眼福才对嘛!"

董海川和杨露禅明白王爷今天要看他们双上梅花桩了,于是两人一对眼神,双双抱拳飞上桩去。

他们两人,一个是太极泰斗,一个是八卦宗师,在桩上你去我来,如一对蝴蝶,似两颗流星,忽分忽合,忽上忽下,忽左忽右,忽前忽后,看得众人如醉如痴。恭亲王赞不绝口:"八卦董,太极杨,实乃武林双绝也!"

众人传扬开来,直至今日已近两百年了,武林双绝仍然流芳百世。

(李光藩　搜集整理)

崇 尚 武 德

恃德者昌，
恃力者亡。

山东汉技服骄僧

　　明清时期，坐落在绍兴会稽山麓的平水显圣寺，已成为闻名江南的一座宝刹，加上寺内住持方丈德元和尚是个年轻有为、武艺高强的少林高手，显圣寺的名声就更响了。

　　这位德元和尚秉性刚毅正直，可就是有个骄傲好胜的脾气，因而也免不了要招来不少枝节与是非。

　　有一年春天，显圣寺门口的草坪上围着一大群人，阵阵喝彩声震动山门，德元和尚出去一看，原来有位来自山东的英武女子，兜着圈子在那里舞剑耍拳，推销治疗牙虫的药品。那娴熟的拳路和精湛的剑术，德元和尚心里也暗暗叫好，但听到大家如此喝彩，又有点难以名状的不爽。偏有几个恶作剧的小伙说："德元师父，你若敢拨她一个下巴，我们就在你面前爬三圈！"

几番激将,德元和尚忍耐不住了:"拨下巴伤风败俗,不是出家人所为,且让我把她头上的银钗拔下来算了!"

这时,日当正午,那山东女子已收拾行当往平水大桥而去,德元和尚独守桥上,迎面抱拳行礼道:"姑娘,你头上的银钗借贫僧一用!"那女子早已听出别有用心的话意,不禁两颊绯红,圆睁杏眼,怒视德元和尚道:"师父自重,休得无礼!"

德元和尚见对方言带愠色,加上围观者连连唆使,不免火气上冒,动手就向她头上取钗。那山东姑娘岂肯示弱,急忙施展武艺招架。德元和尚毕竟是个高手,几个回合,终于把对方的银钗撮了过去。姑娘恼羞成怒,一个"黑虎掏心"的拳势猛击过来,逼得德元和尚进退无路,便使个"鹞子翻身"的解数跳落桥下而走。姑娘没奈何,只得忍辱而去。众人喝彩称赞德元和尚,但德元和尚却心中内疚不安,觉得自己虽逞了能,显了威,可无辜欺侮远来姑娘实在过意不去。所以,虽然全身被桥下的溪水浸得像只落汤鸡,却还是追上前去向姑娘道歉:"姑娘,贫僧并非存心欺侮你,实在出于大家起哄打赌闹着玩的,冒犯了你,万望多多原谅!"

说罢,他把银钗恭恭敬敬地送还给姑娘。谁知姑娘早已气得眼泪汪汪,拒不接受那支银钗,说道:"你既然眼馋这支银钗,就留着,日后自会有人来找你算账!"

山东女子忿忿而去,她最后的几句话就像警钟,记记敲在德元和尚的心头:今后随时随地会面临一场凶恶的报复!

果然,一个月后的一天,德元和尚带着七八个和尚正在显圣寺附近的斋田里耕田,忽然,有个操着山东口音的精瘦汉子寻上前来。他向正在耕作的和尚打听德元和尚的下落,德元和尚猜测这位陌生的山东汉子指名要找自己,肯定是与那个走江湖卖药的女子有关,他是找上门来寻衅了。为了对他先探个虚实,德元和尚不暴露自己的身份,只是诡说:"德元师父有事进城去了。""那俺就等他归来再说。"山东汉子等着不走。

看着这身材瘦小、貌不惊人的山东汉子,德元和尚暗忖:谅你有多大本领?我且先显点给你看看,若是无能之辈,你肯定会自行吓退。于是,德元和尚就收起犁耙,邀请山东汉子一道回显圣寺去。临走前,他一头钻进水牯牛肚下,用背脊把牛背了起来,走到溪潭边,把牛扔进水里,接着用手抓住两只牛角,将牛在溪水里使劲洗汰。那只牛乖乖地叉开四肢,任德元和尚摆布,活像只水中游动的乌龟,轻飘得很。把牛身汰清爽后,德元和尚又想把牛背到溪边石桥上来,谁知那山东汉子早已飞一般纵下身去,说:"师父,让我来!"说着,捋起袖管,双手托起牛身,高高举过头顶,将牛朝桥墩上轻轻一放。

德元和尚看得暗暗吃惊,想自己用尽力气背牛已算了不起,他却只须轻轻一托就行,这就不敢再小看山东汉子了。所以,进得寺内,德元和尚就以上宾相待,亲自端凳沏茶,请山东汉子上座。山东汉子就在紫檀木做的椅子上坐下,忽然,"哗啦"一声,座椅被压得粉碎。德元和尚明白这是对方有意使出功夫给他看的,所以他一边说:"穷山寒寺,拿不出坚固凳椅,待我另搬一件座具来吧。"一边就从大殿门口端来一只铜鼓形的大圆石墩。山东汉子双手接住,摆定就坐。哪知他刚一落座,石礅下的石板地就"噼啪"作响,碎裂下陷,大半个石墩子都陷进地下去下。

山东汉子一次次显出本领,犹如一阵阵拳脚打在德元和尚身上,德元和尚觉得自己如果不拿出点绝招给他看看,面子就无处安放。因此,他不得不假装说:"壮士远道而来正当饥渴,待我给你弄点吃的来。"即到厨房里去转了转,随即又出来说:"啊呀,柴草已尽,待我去后山搞点柴草来。"

他故意打开柴屏门,给山东汉子看着,自己就选定了一枝海碗口粗壮的大毛竹,俯身一抱,进足力气拔将起来,扛进寺内,用锯子锯断,以青油毛竹来煮饭烧菜。他心里挺得意,以为这回山东汉子也该服帖他的臂力了!然而,山东汉子却平静地说:"师父,青毛竹太湿,不易点火,让我帮你去掉水分吧。"

　　山东汉子拿起毛竹,挟在两只手掌中间用力一挤,顿时毛竹被撅得扁碎,再接连几次撅挟,整枝毛竹被挤得像枝笋干。然后,山东汉子又用双手逐节紧绞,毛竹里的水分就像绞毛巾水那样"滴滴嗒嗒"淌了下来。不一会,一把干透了的毛竹丝条就像甘蔗渣那样放在地上,把个德元和尚看得目瞪口呆。

　　德元和尚自知自己根本不是山东汉子的对手,只得殷勤地款待山东汉子,并且希望他赶快离开。他有意说:"壮士,今天师父离开寺院时吩咐过:倘若中午未能归来,就要三天后再回来了。现在是午后,你若与他有要紧事商量,只得三天后再讲了。"

　　山东汉子沉思了片刻,直说道:"俺是山东泰安来的,俺叫孙通,一个月前,贵寺门口卖牙虫药的姑娘就是俺胞妹。她被你们的德元和尚欺侮,我今天特地来寻他,当然不是与他殴斗、报仇、解恨的,我是为两件事来:一是向德元师父来要还妹子那支银钗,二是特地来与他讲几句少林遗训,不知他是否晓得?'强身养性,益寿延年;除恶扶善,普济众生。'这是俺少林宗派的根本宗旨,而不是逞能显威、恃强欺人。要知武林之大,英雄辈出,切忌目中无人。"

　　接着,孙通还向德元和尚要来笔墨,在粉墙上写了少林遗训那十六个大字。站在旁边的德元和尚早已吓出一身冷汗,因他早就听说过山东泰安有个孙通,曾在河南嵩山少林寺学得一手武打硬功,还独有一门按导与擒拿的"七十二把擒拿法",那千斤臂力与神奇手功能捏石变粉,揉铁如泥。要是他一怒动武,自己岂是他的对手?这会儿,他却不用殴斗与厮杀来对付自己,而是用别开生面的暗暗比武开导自己,这就更使他感到万分愧疚。他连忙拿出那支银钗,连声赔礼,还给了孙通。

　　从此以后,德元和尚再也不敢骄傲自大了。

　　　　　　　　　　　　　　　　（樊纪牢　搜集整理）

饮酒客诚诚小道

清朝光绪年间，有一个叫杨三的孩子，因家境贫寒，出家到蒙山紫金观做道童，终日里打柴种菜，洒扫道观。

老道长见他身子骨伶俐，手脚勤快，一早一晚就传些武艺给他。杨三倒也很能吃苦，每日里精心操练，春夏秋冬，坚持不懈。

一晃十年，杨三长大成人，武功也颇有些根底了。一天早晨，老道长把他唤来，吩咐他下山去四十里外的县城办些香烛回来，临走时又嘱咐他："你不常出门，一路上要小心谨慎，切不可惹是生非。"杨三答应着，收拾好担子，带一口腰刀，就上路了。

来到县城西关，天已正午，杨三觉得饿了，就走进一家有名的饭庄，找了个座位坐下。他见这里人来人往，十分热闹，不禁心想：我在山上学艺十年，今天何不在这里显露一下，也博个名声？主意一定，就敲了敲桌子，叫道："店家，给俺称四两大饼来！"店家赶忙称好，送了上来。杨三几口吞下，又叫道："店家，再给称三斤大饼！"店家又称好送来。杨三又要了两样菜，不大一会儿，就把饼和菜统统吃了个精光。

店家前来算账，说："道人，你共吃了三斤四两大饼……"

杨三立刻截住店家的话头，说："哪里话！我只吃了你四两大饼！"

店家一愣："道人，你明明先要了四两，后来又要了三斤嘛！"

杨三叫道："店家莫不是欺我出家人？我哪吃得下三斤四两大饼！不信拿秤来称称，我浑身怕也没四两重！"

一阵争辩，引得众人纷纷围过来观看。店家心想：这样一个汉子，少说也有百多斤重，分明是想赖账。便说："好，你等着！"他转身到柜台上取来一杆秤。

杨三用两条胳膊抱住膝盖，说："挂住发髻称吧！"暗暗地却在运力提气。

店家找了几个人帮忙，谁知提起来一称，一下子目瞪口呆：巧巧地正好四两重。众人也惊奇万分。

杨三伸手摘下秤钩，一纵身跳到柜台，坐在上面说："店家，是我赖账呢，还是你坑人呢？"

店家又气又恼，上前拉住他一条腿，用力往下拽，哪知杨三纹丝不动。店家一招呼，又过来三个伙计，四个人抓着杨三的两条腿，一齐用力往下拉。杨三使了个"千斤坠"，拉的人面红耳赤，他却仍是稳稳地坐在柜台上。

店家无奈，只好拱手说："请问师父来自哪座名山？确是一身好功夫！小店多有冒犯，还请师父多多包涵！"

杨三这才跳下柜台，取出两个铜板扔到柜台上，算是饭钱，然后，拿起担子和腰刀就要走。店家张了张嘴，没敢再说什么。

众人中有好事的叫了起来："这位师父好身手，练趟刀给俺们看看,也不枉见了一回真功夫!"

杨三见围观的人越来越多,心中得意极了,便放下担子,抽出腰刀,走到饭庄前的空地上,众人都跟了出来。

杨三双手把刀一抱,说:"俺本是蒙山紫金观道人,名叫杨三,这口刀不敢说神出鬼没,却也是撒沙不进、水泼不漏。看刀!"

常言道:剑似游龙,刀如猛虎。只见杨三持刀上下翻飞,呼呼风生,但见银光闪,不见人身转。众人齐声叫好,杨三越发舞得来劲了。

这时,一直坐在饭庄窗口饮酒的一位客人,早已冷眼旁观了许久,他伸手拿起一根筷子,一抬手,"嗖"一声,筷子直朝杨三掷去。

正在舞刀的杨三觉得头上一动,急忙收势停刀,往头上一摸,一根筷子正好穿在他的发髻上,恰似一根簪子。众人大声喧嚷起来,不过这回可不是夸杨三了。杨三羞得无地自容,一抬头,见那客人正站在窗口,捻着胡须笑呢!

杨三这个气呀,几步冲进饭庄,那客人却已不见了。低头一看,那客人刚才喝酒的桌面上,留了四句话:学艺德为先,莫与人为难;若问武何用? 健身是本源。明明是手指画的,却像凿在桌面上,字迹凹进去寸把深。

杨三垂下了头,这才后悔不该忘了老道长的嘱咐。他重又叫来店家,如数付了饭钱,办好香烛,回山去了。

从此,杨三待人谦和,潜心习武。他九十多岁时,仍是鹤发童颜,担百多斤重的担子上山下山,健步如飞,直到百岁以后,才无疾而终。

(姚 海 搜集整理)

忌贤能自食其果

　　相传，从前我国使用的枪头上都系上白色的缨子，它象征着纯洁清正。可是后来，相继都换成了红缨，把白缨改成了枪靶——用一条细线悬起白缨，让练枪人对准它拧枪猛刺，直至把它刺秃为止。若要问为啥会改变的，这里还有一段意味深长的故事哩！

　　古时候，江南出了一位名叫白瑛的武林高手，他本来就有深厚的功底，又走遍了各地的名山大川，游侠十二年，博采武林各家之长，因此他的技艺达到炉火纯青的境界，每与名家比试，皆能胜人一筹，人们称他的技艺天下第一，他自己也感到当之无愧。

　　一天，他忽然想起家来。十二年前离家时，妻子已经怀孕在身,也不知生的是男是女,算算孩儿出世该有十一二年了,还是早日回家,把技艺传给孩子吧。想到此,他去集市精选了一柄少年用的短剑,骑上快马,直奔家乡。

这天中午,离家已不远了,白瑛走进一家客栈歇脚喝酒,忽然,窗外传来自己骑的那匹马的狂嘶怒吼声。白瑛急忙出去一看,见是一匹大黑骡正在与马厮打,自己那匹马被那黑骡咬破了脖子,鲜血直流。他不禁怒从心头起,飞奔出门,对着大黑骡子飞起一脚,将黑骡踢出一丈多远。黑骡落地时,正巧把一位快步奔来的驼背老头撞倒。原来,那驼背老头就是这黑骡子的主人,他是闻讯赶来为牲口拉架的。

过了好一会,驼背老头才慢慢地从地上爬起来,幸好没受伤。这时大黑骡已从地上爬起,驼背老头抬眼看看白瑛,知道他是个有功夫的人,不好惹,只好忍气吞声地说:"客官,我的牲口让你生气了?"

不料白瑛傲慢无礼地将头一昂:"它太野了!"

这种态度一下激怒了驼背老头:"可它是畜生,何必跟它斗气呢!"

"它咬伤了我的马,我踢畜生一脚,你敢怎样?"

老汉将套骡子的缰绳一抖,拍拍身上的尘土:"你若想逞能,就去和小罗成比试比试吧。"说完,牵着一瘸一拐的黑骡子,道:"看小罗成练功喽!"

白瑛心头一动,急忙催马上前。只见场子中央站着一位少年,约十岁出头的年纪,白红的脸蛋儿威武俊秀,举止端庄,幼稚中透稳健,白瑛见后,心中也暗暗佩服。

这时,少年指着身边一位老汉说:"这位老伯省吃俭用买了一匹牲口,不料牲口刚牵到这里,突然倒地死去了。父兄们,我想在此走两套花拳,一来向众位请教,二来请各位帮忙,好让老伯回家度日。"

白瑛心里又是一颤,伸长脖颈仔细向里望去:呀,这正是刚才在客栈门前牵骡的那位老头,如今,黑骡已经僵直地倒在地上,老头正伏在黑骡身上伤心地抽泣。白瑛暗怨自己腿力太重了。可他转念一想:既然事情已经这样,也就不必介意了,倒要看看这小罗成的技艺究竟怎样。

只见少年走到一位老婆婆跟前,借来一只装有约十斤米的袋子,往他身边的一只小瓷缸沿上一放,瓷缸"咕噜"一声被米袋压翻在地;接着少年又扶起瓷缸,飞身一纵,稳稳落到缸沿上站定,那瓷缸竟是不摇不晃。全场顿时一片喝彩,白瑛也不由得暗暗惊叫:好深的轻功。

不等静下来,少年就在缸口纵身打起了连环飞脚,"啪啪啪"踏着缸沿打了整整一圈,围观的人一齐鼓掌叫好。这时少年飞身又是一个筋斗,在空中翻了整两圈才落下来,一个金鸡独立,还是稳稳地站在缸沿上,人和缸皆丝毫不动。

围观的人哪个不道好,纷纷向场内扔钱。少年一挥手:"莫急,小弟再献一招。"说着跳下缸沿,一脚踢起瓷缸托在左手上,右手一敲,"当当"作响。接着,少年张开右手,五指向前一伸,"哧"瓷缸被戳穿了五个窟窿眼儿,这还不算,接着五指一拧,"啪",竟从缸上取出掌心大一块圆圆的瓷片来。

这一招,使白瑛惊呆了。十几年来,他走遍了五湖四海,见过的武术行家不计其数,却没有见过这样高明的功夫,更何况还是个孩子呢!他暗叫不好:这小子一出现,今后自己"天下第一"的美名怕就保不牢了。

这时,场子上已有厚厚一层铜钱,那少年一面向众人道谢,一面帮着驼背老头捡钱。

老头擦着泪水走到场子中间,突然放开喉咙说道:"诸位父老弟兄,咱们小罗成练武,为的是咱穷苦百姓,可有的人呢……"他激动得胡须抖嗦着,"刚才,我的骡子,就是被人一脚踢死的!"

旁边几个血气方刚的后生嚷道:"他有种就来和我们小罗成比试比试。"

这话,像一把锋利的钢针,刺得白瑛浑身难受,他把满腔的怨恨都集中到了眼前这少年身上,于是故意向前挤来。驼背老头一眼就认出白瑛,指着他说:"我讲的就是他!"

少年几步走到白瑛跟前,恭恭敬敬行了个礼:"客官,这位老伯说的是吗?"

"是。"

"这黑骡是你踢死的?"

"不错,你娃娃敢怎样?"

少年毫不示弱:"听口气,你想指教指教。好,请受我一拜!"说着,他单膝跪地,向白瑛抱拳施礼。白瑛也不含糊,纵身跳到场子中间:"俗话讲,以武会友,必先交手。我也不用客套了,来吧。"众人知道,这下有好戏看了。

说话间,场子上一大一小,便腿来拳去地交起手来。

只几个回合,白瑛就自觉难以招架了,这少年果然身手不凡,既有少林拳的勇、猛、狠、真,又有太极拳的粘、连、缠、绵,步法灵巧,拳脚多变。白瑛看自己难以取胜,便使出了看家绝技"鸳鸯穿心脚"来,谁知他刚一出招,就被少年看破了。少年一个大鹏展翅,飞身跃到半空,就在他出腿扑空的一瞬间,少年已经从空中转身落下,像饿虎扑食般贴在他背上,将手指轻轻抱住了他的脑袋,稍一停留,少年已纵身后跃,跳下了地。

这动作敏捷利落,众人全都看不出什么道道,可白瑛心里明白:少年的十个手指若是稍一发力,他的脑袋就会像瓷缸一样,顿时被戳出十个窟窿。白瑛满面羞惭地直起身来,只见少年笑容可掬地拱手说道:"好汉,果然武艺高强!"

白瑛灵机一动,满面堆笑地说:"还是小哥你身手不凡,今日有缘结识你,真是幸事!"说着,笑哈哈地张着双臂过来拥抱那少年。少年见此人这样热情,反而腼腆起来了,他羞答答地走近了白瑛。其实,白瑛此时已经将内力暗暗运上了双手,在拥抱少年的时候,白瑛那可以粉石碎钢的双手,在他胸口、后心上同时发力。这少年刚被对手抱住,猛觉五脏六腑骤然一震,这才知道中了暗算。

而白瑛却声色不动,笑吟吟地言道:"日后一定拜访小哥,切磋技艺。"说完,踱出场子,打马走远了。

众人不知所以地围起少年来问长问短,少年深知自己遭受了严重的内伤,他抓着驼背老头的胳膊,好一会才说出话来:"老伯伯,我,中了暗算了。烦你给我母亲送个信吧,叫我父亲……一定除掉这个武林败类,不能让……让他……再……"话没说完,眼前发黑,一头瘫倒在老人的怀里。

再说白瑛,催马扬鞭,飞快地赶到了家,见了妻子,头一句就问:"孩子呢? 是男是女?"

妻子一见久别重逢的丈夫,禁不住热泪直流,连声说着:"是儿子,儿子……"

"哪里去了?"

"上外婆家去了,一会儿回。"

正说着,忽听外面有人敲门,妻子敞开院门,见一位老汉问:"你是小罗成的母亲吗?"

"是啊!"

白瑛在屋里听着声音好熟,疾步来到院里,蓦然间,他感到头脑一炸,来的不就是那位驼背老头吗?

老汉看到白瑛,顿时浑身发抖,疯狂地扑向他,骂着:"禽兽!"白瑛妻子忙问怎么回事,老汉泣不成声地说:"他、他暗算了你的儿子!"

"啊?"白瑛妻子哪里肯信,"不,不,不会吧?"

白瑛这时再也支撑不住了,仰天喊了一声"儿啊",就向院外跑去。

正逢众人抬着小罗成走进门来,小罗成被白瑛的喊声惊醒,慢慢睁开眼来,看到白瑛之后,好像明白了这人是谁,嘴唇动了动,想说什么却张不开口了。

白瑛扑上去,撕心裂肝地喊叫着:"儿呀,儿呀,惩罚我吧!"

小罗成心头一热,口中猛地涌出一口鲜血,慢慢合上了眼睛,眼角上缓缓地滚出了两行眼泪。

白瑛大叫一声,抽出那柄准备送给儿子的短剑,猛地横在自己的脖子上。

驼背老头一把夺下剑来,愤怒地指着他训斥道:"不是天下容不得你,是你容不得比你高明的人啊!"白瑛听到这话,就像心上挨了一刀,顿时晕倒在儿子的身边。

消息传出,武林内外没有人不对白瑛切齿痛恨的。有位聪明的武术家,想到枪上的白缨与"白瑛"谐音,为了不让他的名字玷污武坛,索性把白缨子解下来作为枪靶练功,并且取名叫"枪刺白瑛(缨)"。这样做不只是发泄对白瑛的憎恨,还可告诫人们:要敬重人才,不可嫉贤妒能。所以,这个做法很快就传遍了各地,而且一直流传到现在。

(冯蜂鸣　搜集整理)

使暗算师傅殉德

　　相传很久以前,白州一带盛行学武术,不论男女老少都有点本领,有的还身怀绝技。但是,有的教武功的师傅见钱眼开,不讲武德,教出的徒弟回来虐待父母,欺压家小,无法无天。

　　张村有个学武术的男子,名叫张冬,长相俊俏,就是为人有点呆板,他排行第七,人们称他"木偶七"。木偶七娶了一个聪明勤劳的妻子,名叫谢红玉,夫妻婚后五六年,恩恩爱爱,互敬互爱。

　　别看木偶七呆板,可他学起武术来像着了迷一样,每天都要练到深更半夜,一回家就往床上一躺,像喝醉酒一样呼呼大睡。开始红玉很疼爱他,总是让他睡个够,不料一日一日下去,木偶七越来越不像话了,在红玉面前口出狂言,甚至动手动脚来吓唬她。

有一次，红玉劝他说："我不是不同意你学武术，但是要早点回来呀！"木偶七一听，把眼一瞪，说："小娘们，你懂什么？"红玉一听生气了，说："你学了这么久的功夫，今天我倒要领教领教，在这个小小的房间内，如果你抓得到我，我以后就不再管你，否则，你莫想放任下去。"

木偶七见红玉这样小看他，不禁怒火中烧，说一声："小娘们，我抓你像抓小鸡。"就伸出鹰爪似的手扑过来，不料却扑了个空，还摔了一跤。他爬起来再扑，又扑了个空。左扑右扑，木偶七扑得汗流浃背，气喘吁吁，用尽了自己学到的功夫，可连指头也没碰到红玉。他这才知道红玉是身怀绝技的女子，立即表示以后一定听她的话。

第二天夜里，木偶七去学武术，把昨晚的事告诉了师傅。师傅嘲笑说："木偶七有这样的老婆，叫谁相信？哈哈哈。"其他徒弟也大笑起来。木偶七见大家不相信，就说："无论如何，以后我一定要早一点回家。"师傅见木偶七态度这么坚决，心想：他学的辰光少了，我收的银子也要少了。顿时心生一计，他同意木偶七早一点回去，并附着木偶七的耳朵如此如此说了一会。

木偶七回到家里，红玉正在熟睡。他蹑手蹑脚掀开红玉的被子，用力在她的心窝上拍了一掌。红玉猛地惊醒了，忙坐起来，只觉得心如刀割，她用颤抖的声音逼着他问："是谁叫你在这个时间拍我的心窝？快说！"木偶七看红玉脸色苍白，豆大的汗珠直往下掉，吓得吞吞吐吐地说："是师傅。""啊！"红玉又愤恨又痛心地说，"木偶七，你真是个木偶！告诉你，我最多只能活七天了。"木偶七听了，哭倒在地上，泪流满面地说："贤妻，都怪我，我以为拍一下心窝，以后你就少说话了，哪知……"红玉下床把他扶起来，说："这全是你师傅造的孽，明天你先去告诉他一声，就说我要和他较量较量。"

第二天,木偶七去给师傅说了。师傅说:"你不要怕,我教训她两棍就行了。"这个师傅是个只图银子、不讲武德的人,他叫木偶七打老婆,目的就是为了多得银子。反正木偶七这么拍一掌,红玉七天后才死,这样,人们既不会说是木偶七打死妻子,更不会怀疑是他出的主意,这事就连木偶七和其他徒弟都不会知道。可是他的这个毒计,被身怀绝技的武林高手红玉识破了。

红玉做好饭,拿起一根烧火棍,直奔师傅的家。只见门前草坪上有一大群徒弟在练功夫,红玉大声喝问:"谁是师傅?"有一个徒弟赶紧进去通报。师傅出来一看,只见一个美貌女子怒冲冲地拿着一根烧火棍,就说:"我就是师傅,你是何人,找我何事?"红玉说:"小女子乃木偶七的妻子谢红玉。听说师傅武艺高超,特来领教。"

师傅一听是木偶七之妻,不禁暗暗一惊,但他装作若无其事的样子说:"既然领教,为何气势汹汹?"红玉不想和他多说,便开门见山道:"小女子之夫蒙师傅赐教惩妻之技,今日他妻特来报答!"

师傅眼看自己的诡计被揭穿,不禁火冒三丈:"妇道人家,给我住嘴!"红玉仍用蔑视的口吻说:"今日师傅若能在小女子身上打一拳、踢一脚,或者触到一点皮毛,小女子就承认你是师傅,否则,别想当!"

一听这话,师傅气得脸色发紫。只见他操起地上一根棍子,也不搭话,就朝红玉的脚下扫来,红玉双脚轻轻一蹬,腾空而起。她双脚刚一落地,师傅又一棍拦腰打来,红玉稍一弯腰又闪过了。师傅又一个"黑虎掏心",棍子直冲红玉的心窝捅来,红玉又一个就地滚翻让开了。

师傅施展全身解数,一口气打了几十棍子,却没触到红玉一根毫毛。红玉说:"够了没有? 如果够的话就算了,要不然我要还手了。"谁知道师傅还不停手,棍子舞得"呼呼"生风,仍朝红玉打来。红玉一边躲闪,一边看准时机,烧火棍直朝师傅鼻梁上打去。师傅顿觉眼冒金星,鲜血立即从两只眼眶里流出来,"扑"一声瘫倒在地上。

红玉走过去说:"有武艺,有武德,才称得上是真正的师傅。你的武德呢?老实告诉你,你要我七天后死,但你也活不了五天。我要把你教唆徒弟打老婆的缺德行径,公诸于武林。"

徒弟们见师傅瘫在地上,都"嗷嗷"叫着来战红玉,师傅连忙喝住:"徒儿住手。"徒弟们忙把师傅扶起来,只见他羞愧地说:"红玉是一个少有的奇女子,我不配当你们的师傅,你们拜她为师吧!""扑通"一声,徒弟们都跪在地上,师傅和木偶七也跪了下来。红玉一见这情景,怒气顿消,她走过去扶起师傅,说:"我们两人的死,就给徒弟们做一个教训吧!"

师傅点了点头,痛心地说:"你们要记住我的教训,无论谁,以后成师,都要给徒弟先讲武德,后教武艺;不要见钱眼开,训下虐上;要扶弱压强,不要到处逞能。要知道,一山更比一山高,能人之外有能人。"

五天以后,师傅死了,七天以后,红玉也死了。他们的死一直传说到现在,人们都引以为戒。至今,白州一带的人在学功夫时,就把讲究武德放在首位了。

(志　旺　搜集整理)

除 恶 惩 凶

大豪杰舍己为人，
小丈夫损人利己。

惩恶僧路见不平

清朝光绪年间，有一天，嵩山脚下的一家杂货铺里，有个过路客人拿出一锭银子，请掌柜兑换成铜钱。当时习惯，大买卖用银子，小买卖用铜钱，银子好携带，铜钱便于零用。那掌柜接过银子，用戥子称过，放入柜内，便"哗啦哗啦"地数起了铜钱。

正数着，掌柜的眼尖，瞥见门口进来一个手托石臼的青年和尚，他马上扔下就要数完的铜钱，满脸堆笑地迎上去招呼道："师父来啦？请坐，请坐！只要贵寺有人降临，小店是从来不吝啬的！"说罢，便另外数起了五吊铜钱，要给来化缘的和尚。

刚才来兑换铜钱的过路客人见掌柜这般势利，心里气不过，便对掌柜说："掌柜的，凡事总该有个先后吧？照你这样，一会再来几个和尚，我的钱到天黑也数不出来了！"

掌柜一听,忙朝过路客人使眼色,话中有话地说:"客人不知,这位是少林寺的师父,不比寻常……"

原来,相传少林武艺天下扬名,可是到了后来,寺中有些和尚渐渐骄傲起来,行为上不够检点,常到地方上惹是生非,人们反而惧怕他们起来。眼下这个来铺里化缘的青年和尚就是其中的一个,掌柜怕他在铺里招惹是非,想赶快取了钱打发他走,却没想得罪了这个过路客人。

其实,过路客人对这几个少林败类的恶劣行径也略知一二,只是"只闻其声,不见其人",现在听掌柜的这么一说,知道眼前站着的这个便是,不由吃了一惊,乖乖地不敢吱声了。

这一来,青年和尚可得意了,斜眼打量了过路客人一眼,竟大模大样地在铺中坐了下来。

铺子门前已经围上来一群看热闹的,一个黑红脸皮的彪形大汉替过路客人抱不平,便冲着那和尚说:"少林寺又怎么样?身在名寺,更应该讲礼节!"

那和尚当然不是好惹的,立刻转过脸来,不怀好意地问道:"先生贵乡何处?"

"山西河津县东湖潮村,孙吉祥!"

"孙先生,我们和尚化缘,碍你什么事啦?"

"那位客人换钱,也没碍你的事吧?"

"掌柜的肯舍钱,他连一会工夫也舍不得?"

"蛮不讲理,哪像个和尚!"

"先生这么爱管事,我倒想领教领教! 对不起,你敢到我们寺里走一趟吗?"

"奉陪到底。"

"好,你等着,走了的不是好汉!"

青年和尚说罢,扭头就走。掌柜忙叫道:"师父,钱!"和尚头也不回,一挥手:"不要了!"

掌柜连连叫苦："这位山西客人,你惹下祸了!"

周围的人纷纷劝孙吉祥快逃。

孙吉祥镇定自若,对掌柜说："掌柜的,请放心,一人做事一人当,我决不连累你们!"

不一会,"得得得"传来一阵马蹄声,那青年和尚引着一位老和尚来了,两人的坐骑后边还牵着一匹马。

老和尚很精神,也很和气,一见孙吉祥,便双手合十行过礼,说:"孙先生,失敬失敬,请莅临敝寺!"

孙吉祥也很礼貌地答道:"多承师父关照,吉祥正想游览贵寺,一饱眼福。"

三人上马,不一会儿便飞驰来到少林寺。老和尚请孙吉祥在方丈室坐定,早有小和尚斟上茶水。老和尚与孙吉祥寒暄几句后,便和颜悦色地对他说:"我等出家之人,全靠善男信女扶持,化得些许银两,来供奉佛祖。这是没法子的事,请孙先生见谅。"

孙吉祥知道老和尚弦外之音是要让他认错,便毫不客气地说:"师父言之有理。不过,贵寺一年轻僧人手托石臼上门化缘,店家畏之如虎,这恐怕就不太合适了吧?"

老和尚哈哈笑道:"哪里哪里,先生初到此地,不知此地人极乐于舍财敬佛,见有僧人上门,一向不遑片刻的。至于以臼代钵,也是敝寺一向习惯,不必见怪。"

"不,贵寺僧人出言不逊,有违佛门根性。"

老和尚越发不以为然地哈哈大笑:"误会误会,敝寺僧人尽是些粗鲁无用之辈,不善交谈……"

正说着,一个和尚端着一盘石磨进来,石磨上面放着饭菜。

老和尚厉声斥责他道:"无用之辈!一盘石磨,还用得着两只手端?"转而又对孙吉祥说:"请坐,请坐,仓促间准备了几样素菜,请先生随便吃点。"

两人围着石磨面对而坐。只见老和尚从怀中摸出一把锋利的匕首，说了声"请"，用匕首插住一块豆腐干，"嗖"一声，闪电般地直朝孙吉祥嘴里掷来。

孙吉祥不慌不忙，一口咬住匕首，只听"嘣"一声，匕首尖儿被咬了下来。他吞下豆腐干，拔出匕首，把咬断的刀尖还给老和尚，说："抱歉，不小心咬坏了师父的铁箸。"

老和尚大悟：怪不得这汉子敢出来打抱不平，原来他还有两下子。老和尚不露声色地呵呵一笑，说："先生好牙齿！敢问先生拜的哪门师？"

"不敢当！胡乱学过几天，初出茅庐而已。"

"过谦，过谦。小僧想向先生请教一回拳术。"

"师父哪里话，小生愿向师父请教！"

于是吃罢饭，老和尚和孙吉祥两人便开始在场子上比武，一班僧人站立一旁看热闹。老和尚是少林寺嫡传高手，谅孙吉祥也不是他的对手，果然，几个回合下来，孙吉祥只有招架之功，没有还手之力。看热闹的和尚站了好多，都齐声为老和尚呐喊助威。老和尚愈战愈勇，拳如铁锤，腿如钢棍，直打得孙吉祥节节后退，一直退到一道影壁下，再也无路可退了。

大家见老和尚胜了，齐声喊道："长老，打死他！"老和尚运足力气，狠命一拳，朝孙吉祥胸口砸去。不料孙吉祥双脚一点，倏地跳起一丈高，身子紧紧地贴在了影壁上。孙吉祥这一手叫"贴墙挂画"，这绝招是他偷偷地从城里一位老人手中学来的，这一手，这班和尚从未见过。老和尚一拳打了个空，拳头插进了影壁里，怎么也拔不出来。孙吉祥从壁上跳下，一脚踏断了老和尚的胳膊。老和尚心里那个气啊！可他只好朝着孙吉祥干瞪眼。只见孙吉祥又轻轻一跳，上了一丈多高的院墙，打个拱，对和尚们叫道："河津孙吉祥告辞了！你们要诸事行善，不可再造次了。不要以为天下无敌！"说罢，跳出墙外，扬长而去。

场子上的和尚们齐声鼓噪:"追!追上去,打死他!"

老和尚忙制止道:"追不得,追不得,此人武艺在我等之上,追之无益。也是佛祖惩罚,让我们碰上他……"

经过这次教训,这班和尚们再也不敢炫耀武力、要挟百姓了。

(张桂葆　编写)

劫艺女巧难班主

　　据说,清末民初之时,徐州云龙山兴化寺,有一位武功高强的老和尚。这老和尚收了一个徒弟,年方九岁,因其年龄尚小,未曾传授武艺,每日里只教他练指功。这一练,就是两年。

　　这天,小和尚闲着无事,趁老和尚打坐入定之机偷偷溜出寺来,下山玩耍。到了山下,只见乾隆行宫前的空场上,有个马戏班子正在演出,围观的人摩肩接踵,把个戏班子围得水泄不通。小和尚仗着自己个子瘦小,硬是从人缝里挤进了场中。一看,一个女艺人正在走钢丝,她那精湛的演技,不时博得人们阵阵喝彩声。

　　小和尚人小,好奇心强,暗想:俺练了两年指功了,每日只掐些木棍,不知能不能掐断这钢丝? 想着,他伸出右手两指,运足气,只听"嘣"一声,钢丝断为两截,那走钢丝的女艺人一个倒栽葱从钢丝上摔了下来。人们不知内里,只当是演砸了,一阵哄笑,大喝倒彩。

马戏班主本来见人们兴致很高,正暗自高兴,不料竟出了事。他用目光一搜寻,见小和尚正高兴得手舞足蹈,便走过去问:"这钢丝是你弄断的吗?"小和尚不知厉害,高兴地说:"嘿嘿,我只用两个指头轻轻一掐,就掐断了。"班主不由勃然大怒,骂道:"哪儿来的小秃驴,敢来撒野,坏我的衣食?"说着,照准小和尚的光头打了一巴掌,喝道:"还不快给我滚!"这一巴掌不要紧,直打得小和尚的头像要炸开来似的,奇疼难忍。没办法,小和尚只好双手抱头,哭叫着跑回寺中。

老和尚见小徒弟这般儿模样,便问:"徒儿,你到哪里去了?为何这副狼狈相?"小和尚不敢隐瞒,呜呜咽咽地向师父述说了事情的经过。老和尚骂道:"打你不亏,谁让你狂来? 就这一巴掌,值得如此啼哭?"小和尚只是叫疼。老和尚暗想:只打一巴掌,如何能这般疼? 怕是有暗器? 他把小和尚唤到跟前,仔细一看,小和尚头上竟钉着七枚梅花针。老和尚大怒,骂道:"这人好狠心,竟对小小顽童下这般毒手。"他忙替小和尚起出针来,又取过一个葫芦,倒出些药粉,给小和尚敷上,叫他好好休息。

当下,老和尚身带软索,亲自下了山。他见马戏班还在那儿,那个女艺人又在表演"上刀山",于是便在离场子数丈开外站定,取出软索,抛将过去。不偏不倚,软索正套在女艺人身上,没容这女艺人明白是怎么回事,老和尚这里只一扯,便把女艺人扯了过来,夹在腋下,转身飞步上山。为了防止女艺人叫喊,老和尚边走边用蒙汗药浸过的手帕捂在她的嘴上,她顿时昏了过去。

再说那马戏班正演到好处,"刀山"上的女艺人突然不翼而飞,班主大惊失色,众人也都愕然。班主知道遇上了高手,忙向观众作了个罗圈揖,说:"小人初到贵方宝地,礼数不周,不知得罪了哪位高人,还请诸位爷们指点迷津,小人感恩不尽。"人们一个个摇手,都说"不知道"。班主急了,那女艺人乃是班中台柱,少了她,马戏班岂不散伙?班主如同热锅上的蚂蚁,急得团团乱转,不知所措。

这时,一位白发苍苍的老头儿提醒班主说:"听说云龙山兴化寺中有一个老和尚,武艺高强,二三十个年轻后生也近不了他的身,只是多年来从未见他出来过。刚才,班主打了小和尚,会不会是老和尚下山了?"班主一听,恍然大悟。他是久闯江湖的人,自然也有一身好功夫,本想带上徒弟们去和老和尚争斗一场,但又想到老和尚能在众目睽睽之下将一个大活人凭空盗走,以前别说没见过,连听也没听说过,看来老和尚本领必然在自己之上。为了救回"摇钱树",班主只好请了附近几位德高望重的长者,并打点了一份厚礼,一起去求老和尚还人。

一行人到了寺中,先给大佛烧香上供,然后进了禅堂。只见那位老和尚正在闭目打坐,班主不敢惊动他,只好耐心静等。等了足足有一炷香的工夫,老和尚才睁眼问道:"何方施主,有何贵干?"班主连连叩头道:"老活佛,弟子有眼无珠,不知人外有人,天外有天,冒犯了高徒,前来赔礼。"说完,膝行几步,呈上礼单。

老和尚看也不朝礼单看一眼,拂袖问道:"你就是那班主?""弟子便是。""我观你也是久闯江湖之人,怎不懂'在家靠父母,出外靠朋友'之古语?山下之事,实是我家徒儿不好,你若打他三拳两脚,教训他一番,也未尝不可;或是上山找我,我也会严加管教。而你却天良丧尽,竟对一个乳臭未干的顽童下这般毒手。若不是我看出内中奥妙,不出三日,他就要活活疼死。你于心何忍呢?"班主一听,连连叩头说:"老佛爷息怒,弟子知罪了。"同来的几位老人也着实数落了班主一番,而后又替班主求情,请老和尚放人。

老和尚微微笑道:"兴化寺乃是我佛如来的道场,我这清静禅堂,三尺女童尚不得入内,怎能容得这女子? 我若和你一般见识,定要以眼还眼,以牙还牙,别说你一个,就是让你十个、八个,谅你也不是我的对手。"他边说边从袖中掏出一个核桃般大小的钢球,用两个手指一捏,只听"咔叽"一声响,钢球裂成碎瓣。班主吓得瞠目结舌,暗想:幸亏没敢动武,若不然,我连性命都难保啊!

老和尚对班主说:"我只不过要让你知道,强中自有强中手,能人之上有能人;身怀绝技之人,如果恃强凌弱,以力欺人,必然没有好下场。既然你已知罪,可去姑苏庙神台下寻那艺人。寻到后,在她脸上喷些凉水,自然无事。"班主千恩万谢,与众老者辞别老和尚,离了兴化寺。果然,在姑苏庙的神台下,他们找到了那个女艺人。

这事儿很快哄动了徐州全城,无数好奇的人蜂拥上山,想见识见识这位老和尚,可老和尚师徒两人已不知去向。以后,再也没人知道他们的下落。

(方 立 搜集整理)

救善人计胜飞贼

　　从前，在一个小集镇里，住着一家大户人家，掌柜的心地善良，不仅平时待长工伙计们不薄，而且遇有落难之人找上门，没有一次不帮忙的，因此远近几百里人们都叫他"活善人"。

　　这一年腊八，飘晴雪，活善人赶早起来，张罗着叫家里人煮腊八粥赈济要饭的。过不多久，阵阵粥香扑鼻而来，于是活善人便吩咐开门迎客。就见门外倒着一个中年汉子，身材单薄，脸色蜡黄，身上落了厚厚一层雪花。活善人急忙上前一试，还好，心窝里还有一丝热乎气，他要紧吩咐快快把这汉子抬进屋。

　　慢慢地，中年汉子缓过气来。活善人问他哪里来，他不说；问他姓什么叫什么，他也不答；口中只道："落难之人，求活善人赏口饭吃。"活善人猜他必有难言之苦，便不再多问，把他留了下来,说:"你掂量着,能干点啥,就干点啥,反正有我吃的,饿不着你就是。"这人也不谢,留下就留下,他没名没姓,上上下下都叫他"大把头"。

别看大把头人瘦弱,力可不薄,活儿做得又快又好,掌柜的怕累着他,总劝他少做点儿。到了年底,长工们都回家了,大把头没地方去,活善人说:"你还去哪儿?就在我这吧。"这一带有个旧俗,除夕吃饺子,异姓不同吃,有钱人家尤其讲究这。可活善人不计较,除夕这一天,硬是拉着大把头与全家人同桌进餐,大把头也不客套。

到了年秋,镇上来了一帮跑马戏的,在镇子一角搭了个场子,场子中间竖了根高杆,周围用三丈高的布幔圈起来,外头收钱,进圈子里看戏。只听得圈子里鼓呀锣呀地敲打得热闹非常,可是站在外面,除了那根高杆,什么也看不见。

打从这个马戏班子到来之后,住活善人家的那个大把头就像生了病似的,整天不再干活,只是站在院子里望着那高杆发呆。活善人说:"你想看热闹去?我给你钱。"大把头摇摇头:"不。"

一连三天,到了第三天下午,那大把头对活善人说:"你看哪,顺着那高杆爬上爬下的,已有六个人了,掌柜的,我告诉你,这马戏班子是帮飞贼,个顶个地轻功很厉害,今晚上就要进咱这大院里来了。"

活善人大吃一惊:"那赶紧报官?"

"官府不顶用。"大把头告诉活善人,这些飞贼爬上高杆,说是玩把戏,其实是探路。他们把院里情况探明白了,今夜不动手还等啥。

活善人心想:我积德行善,招谁惹谁了,竟有人来害我。大把头既能看出门道,想来必有治他们的办法。他眼泪"刷"地流下来,拉住大把头求道:"请把头救我一家老小。"

大把头叹口气："我不出头，岂不辜负了东家对我的厚待？可要出头，我孤身一人，怎么能斗过他们？也罢，掌柜的，你赶快让伙计们天黑时把这个大粪池子里的粪除出来，然后把空池子挑满水。"活善人连连答应："中。"

粪除出来了，水挑满了，天也黑下来了，大把头对活善人说："今晚上不要掌灯，你们全家早点关门睡觉，我在这儿守着。"说完，又找了些麦糠，撒在粪池水面上，然后拿上一根蜡木棍，守在粪池边上。

半夜时分，大把头听到"呼"的一声，院里飘进一个飞贼来，像衣服落地那么轻。那粪池子白天装着粪，飞贼们已经探看明白了，想不到现在换成了水，水面浮着一层麦糠，看上去就像平地一般。

这飞贼悄悄落到水面上，可就上了当，一脚陷进水里，齐脖梗深，须再一蹬，才能重新跃起。说时迟，那时快，几乎是飞贼落入水中的同时，大把头的蜡木棍跟了过来，这一棍力大无比，却又听不到声响，飞贼连哼也没哼，就死在水里。过了一会儿，又飘进一个飞贼，当然也是同样的下场。不过一袋烟的工夫，粪池子里先后死了五个飞贼，还有一个在外面放风的情知不妙，就逃回去报信去了。

大把头将活善人喊起来，对他说："这些贼人送了五条命来，岂肯罢休？报官谅他们不敢，找我算账是肯定的，我提防不了他们的暗算。这样吧，天明如果他们来人打听我，你就说我有点事出了，他们不认得我，自然没法报复，也就不敢轻易打咱的主意啦。"

果然，天明时分，飞贼的老当家带了几个人登门拜访来了，向活善人施礼说道："昨天晚上，孩儿们年轻不懂事，到府上淘气来了，失礼失礼。"活善人照大把头教的说："人来哪里，还放在哪里，没敢随便处置。"

老当家一听便白了脸,去那粪池看时,见五个弟子死得惨,又怎么也弄不准是什么兵器所伤,只得叹口气,让跟来的人把死尸捞出来,抬回去。老当家对活善人拱拱手:"遇见高人啦,不知是哪个?"活善人冷冷一笑:"哪有什么高人,小打小闹,还用高手么?"这话都是大把头教的。

老当家更吃一惊,连说:"玩笑,玩笑。请不吝引荐,老朽想见见他。"

活善人说:"他有事,不想见你,有什么话我可以转告。"老飞贼只好悻悻地走了。第二天马戏班子就不见影啦。

大把头对活善人说:"你行善积德,名声传得太远,这些飞贼恨你的名气,贪你的财产,你不知道,他们早就要害你了,那次躺在你家门前,是我存心试探你,果然如人们所说,我才帮你,现在我得走了。我走了,他们不知我在哪里,越发害怕,轻易不敢再来找你的麻烦,你放心好了。"

活善人听了这番话,如何肯让大把头走,实在留不住,就问他在哪个地方住,叫什么名字,随后又送了大把头一些盘缠,这才洒泪而别。

几年后,活善人想大把头想得厉害,就骑上马,按大把头留下的地址一路打听找去。哪有这么个名字,这才知道,这大把头是个侠客,这番又不知到哪儿铲除祸害去了。

(顾文显 搜集整理)

逞
雄
威
力
惩
凶
顽

　　罗蹄三爷有一个老习惯,即凡外出归来,都要到仙市场上走上几趟,与有关朋友交谈交谈。这天上午,他在仙市场上闲逛了一阵,经过黄家酒店门前时,闻到店中卤菜甚香,便转身进店,要了一个拼盘,打了半斤大曲,坐下来慢慢地品味消遣。

　　不一会儿,店里来了位长条大汉,双目圆睁,一脸杀气,扯起黄牛般的嗓子叫道:"店老板,打酒来。"黄老板一看苗头不对,满脸赔笑地把他领到罗蹄三爷左面一张桌前安坐。谁知这人偏要坐罗蹄三爷那个位子,黄老板没法,只得向罗蹄三爷求让。罗蹄三爷冷眼看了长条大汉一眼,也不开腔,便让到了另一张桌。

　　没过多久,又来了一位黑面大汉,满脸横肉,气势汹汹,一进店就张口叫嚷:"店老板,打碗酒来。"黄老板闻声,又赶忙上前伺候,将来人带到罗睁三爷右面的一张桌前摆筷。哪知这人也和先前来的那位一样,要和罗睁三爷挤位子。黄老板十分为难地望着罗睁三爷,想再叫他让位吧,又实在难以启齿。罗睁三爷呢,这会儿也只顾喝他的酒,好像没有看见一样。怎么办?黄老板直急得额上的汗珠"滴滴嗒嗒"往下掉。

黄老板只得转脸向黑面大汉求好道:"买主,他已让过一次位了,你就坐另一张吧,照样的舒服。"黑面大汉根本不听,指着罗睁三爷的位子高声嚷道:"老子就要坐这里。"这下可把黄老板难住了,看来人模样定非善人,得罪不得,可罗睁三爷发起火来,也是不得了的事啊!黄老板抠着头皮,急得团团转。

黑面大汉不耐烦了,在罗睁三爷坐的桌子上"啪"地一拍,喝道:"起来,让老子坐。"罗睁三爷只当没听见,一手端杯,一手夹菜,不言不语,照常品味。黄老板生怕闹起来砸了他的店堂,只好向罗睁三爷哀求道:"三爷,你就再做一次好事吧。"罗睁三爷慢悠悠地说:"怕什么,不让又怎么样。"黑面大汉举起拳头威胁道:"不让,老子就要揍你。"话音刚落,那长条大汉也站起来吼道:"让了我,就得让他,要不然,我的拳头可饶不了你。"

罗睁三爷听了,嘻嘻一笑:"你们两位都爱打?"两条大汉齐声回道:"你不让,就要挨打。"罗睁三爷呷一口酒,说:"若论打,你们两位爱,三爷我更爱,可我从来不打无名狗。两位请报名来。"长条大汉先报:"老子叫赵虎。"罗睁三爷直顶道:"三爷打虎胜武松。"黑面大汉接着报:"老子名雷海。"罗睁三爷回敬道:"三爷是张羽能煮海。"说罢,用两个指头轻轻在桌上一弹,只见菜盘飞到了赵虎头上,酒杯跳到了雷海脑顶。赵虎、雷海本来就是来找罗睁三爷较量的,这一来,两人立刻甩掉头上杯盘,举拳向罗睁三爷左右两膀打去,罗睁三爷将身子往桌下一闪,两人的拳头齐落在板凳上,只听"嚓"的一声,板凳成了两截,两人的额头撞在板凳上,留下了一个青疙瘩。

　　两人刚从地上爬起来，罗跸三爷已站在店门口了，朝他们挥挥手说："要打，我们到场外空地上去打，莫让店老板跟着倒霉。"说罢，转身走在前头。赵、雷两人紧跟后面。三人出了城门，走到河坝边，罗跸三爷站在一坨石头上，说："这地方宽敞，好打个痛快。"这时，看热闹的人也跟来围了个大圆圈，巴不得罗跸三爷快点收拾这两个外来的狂徒。

　　两条大汉一见这场面，乐了，正好显显自己的威风！两人互相一使眼色，便取下缠在腰间的三节棍，闪电般地直向罗跸三爷要害处打去。罗跸三爷却一点不慌，左右腾跃，像逗小孩玩似的戏弄着两个大汉，累得他们上气不接下气。围观的人们纷纷为罗跸三爷喝彩助威。

　　打了约莫一刻钟光景，罗跸三爷正想抬腿扫倒两个家伙，忽听一人在远处高喊："三哥，不好了，不好了。"罗跸三爷忙收腿踮脚，纵出人群，一看，原来是堂弟罗勇慌慌张张地跑来了，气喘吁吁地拉住他就说："不知哪来的两个大汉，故意在我们庄稼地里乱踏，大伙上前阻止，他俩不但不听，反把不少兄弟打翻了。"罗跸三爷听说又有两个大汉来寻事，觉得事态严重，定有来头，二话没说，放开大步就往老家地大田垮飞奔。赵、雷两人见状，亦忙紧紧追赶。

　　罗跸三爷赶回大田垮一看，已有十多个兄弟倒在地上呻吟，两个手持三节棍的大汉正在和一些兄弟厮打，心中不由怒火升腾，大吼一声："哪里来的狂徒?"随声一跃，落到两个大汉中间，两腿一张，将两个大汉像踢冬瓜一样，踢得老远。众家兄弟见罗跸三爷来了，一个个都提起了精神，躺在地上的人也蹲起直叫："三哥，快收拾这两个野物。"

　　两个被踢开的大汉从地上爬起来，舞起手中的三节棍，又饿虎般地向罗跸三爷扑来。这时，赵虎、雷海也赶来了，只见四根三节棍上挥下舞、左扇右击，棍棍向着罗跸三爷致命处打来。罗跸三爷不愿久战，六六三十六个回合以后，就使出绝技，撒开双手，顺势一抓，先夺过四根三节棍，然后提起双脚，左右开弓，"砰砰砰砰"，四条大汉应声倒地。

罗蹒三爷像提死鸡似的，将四人抓来重在一起，踏上蹒脚，问道："三爷与你们往日无冤，近日无仇，为何前来与我作对？"四个大汉被罗蹒三爷的蹒脚踏着，犹如在千斤大石下，一动也不能动，他们情知事情不妙，只得齐声哀求："三爷饶命，三爷饶命，不是小的们要胡来，这全是陈老爷的主意。只因我们浪迹江湖，无以为生，见财忘义，利令智昏，故而才干此蠢事。万望三爷手下留情！"罗蹒三爷听了，恍然大悟，方知今日事情的由来，便对四人训道："姑念你们来自异乡，不明真相，三爷今天饶了你们。望今后钱要正得，事要正为。"说罢放下蹒脚，转对众弟兄道："大家押着四条大汉找罪魁祸首算账去。"四个大汉爬起来连声道谢，接过罗蹒三爷交还的武器，领着大家一齐直奔陈家公馆。

说起这陈家公馆，主人陈万金是这一带远近闻名的大豪绅，讲钱有钱，论势有势，莫要说一般平民百姓见了他要恭恭敬敬地叫一声"陈老爷"，就是乡里的官儿们，在他面前也顿觉矮三分。可唯独有一人，却使他时时提心吊胆，坐卧不宁。谁？就是武艺高强、大名远扬的罗蹒三爷。为了除去这颗眼中钉、肉中刺，他特地叫管家卢安找来四个外乡的武林高手，摆酒设宴，盛情款待，要他们帮他砸了这块绊脚石。

这会儿，陈万金和卢安主仆两人正在客厅备好盛宴，专等四个大汉得胜归来，庆贺一番。忽然看见看门人周老头惊惶失措地跑进来，战战兢兢地说："老爷，不好了。"正在得意忘形、想入非非的陈万金，一时没有听清，要紧反问："什么？跑了？蹒子打不赢跑了？"周老头吓得直摆手："不是罗蹒三爷跑了，是他们四个被罗家兄弟押回来，已经走到对面冲口上了。"陈万金一听，立时吓得三魂少了二魂，慌忙吩咐周老头把大门关好。

　　不一会儿，罗睅三爷和众弟兄押着四个大汉来到陈家公馆门前。罗睅三爷见大门紧闭，冷冷一笑，抬起睅脚在门上轻轻一碰，就听"嚓"的一声，门闩折断，大门自开。罗睅三爷把手一挥，领着大家走了进去。行至客厅，只见摆好的酒席，不见陈万金和卢安两个狗子，罗睅三爷吩咐众弟兄："四下搜查，不找出祸首，决不罢休。"大家便立即在这陈公馆内里里外外、前前后后、左左右右、上上下下细细地搜查起来。可搜遍各处，就是不见那两个狗子。

　　罗睅三爷眼珠一转，冷冷一笑，一挥手，把大家带到了陈万金的卧室。罗睅三爷朝陈万金床上一坐，一脚踏在宽大的踏板上，问大家："你们说，这两个家伙在哪里？"大家往床下看了看，都说："不知道。"罗睅三爷嘻嘻一笑，睅脚在踏板上轻轻一压，只听"嚓"的一声，踏板就裂开了。罗睅三爷用脚尖把踏板面板挑开，大家挤拢一看，都不由自主地惊叫起来，原来陈万金和卢安正藏在下面，只是早已吓得人事不省了。罗睅三爷伸出两只铁钳般的手，把两人一夹，提了上来。

　　过了好大一阵，陈万金和卢安两人才慢慢苏醒过来，睁开双眼一看，满眼是愤怒的面孔，两人吓得忙不迭地求道："三爷开恩，三爷饶命，三爷……"罗睅三爷截话怒问："饶了你俩，以后又好整老子？""不、不、不，"两个家伙忙摆手声明，"我们以后再不敢胡作非为了，一切都听三爷的。"罗睅三爷追问道："以何为凭？"陈万金连忙接话表示："愿书面立约。"罗睅三爷点了点头，又望望众家兄弟，也都点头表示同意，于是陈万金便叫卢安取来纸笔墨砚，立下字据。

　　临走，罗睅三爷对陈、卢两人道："为了使你们不忘今日，以后好好做人，我再给你们点小教训。"言毕，伸出双手，在两人脸上扯下一绺络腮胡子，两人痛得双手捂脸，两眼泪淌，却不敢吱声。

（何光宗　搜集整理）

神　力　解　仇

山和山不能聚合，
人与人定能相会。

敲重锤不计前嫌

杨班侯是著名杨式太极拳创始人杨露禅的次子,自幼随父闯荡江湖,交了许多患难与共的好朋友,但也得罪了不少人,结下了不解之怨。

杨班侯年老退隐回乡,本想"金盆洗手"过几天清静日子,想不到旧日仇敌接踵找上门来闹事,都欺他年老力衰,想借机报当年之仇。

这一日,杨班侯正在家中品茶养神,忽然徒弟老万慌慌张张地走进来,说:"师傅,不好了,又有人找事来了!"

来者是个彪形大汉,推一辆平头木轮煤车,一进南关大街,就把五六百斤重的煤车车轮离地平托起来,在杨班侯门前来回连走三遭。

杨班侯不慌不忙,手托水烟袋,迈着四方步,来到门前观望,随即招手把这大汉叫过来,说:"这车煤我全买下了。"

黑大汉平托着车把问:"煤倒在哪里?"杨班侯摆摆手说:"勿劳大驾,就请放在街心。"黑大汉微微一愣。要知道,杨班侯家的院落比街心高出六七尺,得上十二层台阶才能进门。

此时,只见杨班侯大摇大摆地走下台阶,绕到煤车后面,用脚尖挑住车的后横梁,微微朝前一翘,就把个五六百斤重的平头车腾空挑起。只听"砰"一声,车身稳稳地落进院里,"哗"车上的煤全都堆在照壁墙前。

杨班侯回手从衣袋里掏出一叠铜钱,用两个手指捏住,说:"卖煤的,请来取钱!"黑大汉上前用尽全力拿了两次,未曾到手。杨班侯把手指一捻,铜钱变成铜粉撒了一地。他冷笑一声,扭过脸来瞧了黑大汉一眼。

黑大汉道:"杨班侯!你可还记得石成人吗?"杨班侯脑里一闪,立刻想起二十年前在西安万碑林比武的那件事。那天,杨班侯与石成人比武,石成人依仗自己人强体壮,一身纯钢之功,步步紧逼身小力单的杨班侯,把杨班侯立挤在一块石碑之前。眼看杨班侯已无退路,石成人用尽全力拔脚朝杨班侯肚子蹬去。杨班侯眼看要遭此祸害,立即提气悬空,石成人一脚落空,结果把石碑踢成了两段。因为一时用力过猛,石成人的脚脖骨折,留下了终生残疾。石成人怀恨在心,二十年后便派其子前来报仇。

杨班侯呢,当他知道眼前这黑大汉就是石成人的儿子时,心里不禁暗自思忖:论武艺,这黑大汉是块料啊!可惜好料成钢,还须重锤敲!他想了想,便把这大汉领到后院自己练功的地方。黑大汉抬头一看,只见院里按着三百多根巴掌宽的竹片,顶端削成尖锥,离地六七尺高。大汉看了不解地问:"这练的是什么功呀?"杨班侯说:"这叫'梅花桩',待我练来。"只见杨班侯脱去鞋袜,挽起裤管,飞身踏上竹尖,只见他颤悠悠如迎风杨柳,轻飘飘似凌空飞燕。杨班侯踏着竹尖,神聚身整,气壮血平,打了一套一百单八势"小履太极拳",把个黑大汉看得眼花缭乱,不辨东南西北。

杨班侯飘身下桩,对黑大汉说:"切磋拳艺,加强防卫,共同对敌,这是咱们拳界的传统。我无意加害于你,你也莫记前仇。我欲传你武技,以补前隙,不知……"黑大汉一听倒头便拜,连称杨班侯"师傅"。

从此,这黑大汉跟着杨班侯练拳十年有余,终成拳界名流。

(李光藩　张长龄　搜集整理)

献绝技气煞泼皮

　　明朝天启六年,山西上党一带遇上百年不遇的大旱灾,逃难的人们挑箩担筐,推着独轮木车"吱吱呀呀"出了东阳关,直奔直隶广平府而来。

　　在逃难的人群中有母子两人,衣衫褴褛,他们换着肩挑着一副馄饨担子,走到广平府地面停住脚,在城北门根老槐树底下搭起两间草棚,安下身来。

　　没过几天,母子俩支锅开炉,做起生意来。因这个小饭铺在老槐树底下,所以当地人都称它为"老槐树馄饨"、"老槐树烧饼"。

　　母子俩凭着高超手艺,一人吃了一人叫好,十人吃了十人夸赞。十传百,百传千,这老槐树烧饼、馄饨打亮了幌子,卖出了名气。

它的招牌一明,原有几家馄饨铺被它夺走了生意,恨得牙根痛,背地里策划唆使几个泼皮上门找事。

为首的一个大泼皮名叫宁全海,此人一脸黑油大麻子,人称"净街虎"。他人高马大,又练过几年拳脚,因此在街上老横着膀子走路,穿着件黑布衫,从来不结扣子,露出胸脯两块黑肉、两丛胸毛来。他受了几家馄饨铺的好处,每日到老槐树下寻衅找事,无奈苏氏母子笑脸相迎,笑脸相送,开掌难打笑脸人,所以宁大麻子也无处下手。

那几家馄饨铺一合计,又凑了些银子给宁大麻子送去。真是有钱能买猴上竿!

大年初一,苏氏母子俩上板关门,封火歇灶,准备过年。宁大麻子派了一个小泼皮上门传话:"今日中午,宁大爷请客,要一锅热馄饨,三炉油酥烧饼,不得有误!"

小泼皮一走,气得苏秀儿把碗摔成八瓣。母亲劝解说:"孩子,咱是外乡人,只好忍了。"苏秀儿气得脸色煞白,说:"今天是大年初一,是驴是马也要歇鞍,这真是骑脖子拉屎……""孩子你还小,哪个城里没几个吃白食的,快点火支灶。"母子俩只好忍气吞声重新支灶点火。

中午,苏秀儿挑了担去送,宁大麻子跟几个泼皮早拉开方桌等着他呢。宁大麻子一见,"嘿嘿"一笑,说:"好小子,听宁大爷的话,今后好处多着呢。"一个矮个子泼皮接嘴说:"宁大爷,你看这小孩多机灵,干脆收个干儿子算啦。"另一个猴儿脸说:"什么干儿子,干脆把那个水嫩葱似的苏寡妇也接过来,做个'实'儿子有多好……"

苏秀儿越听他们越不像人话,便把手上端的一碗滚烫的馄饨冲猴脸扣去,那个猴脸鬼叫狗嗥,烫了一脸泡。

宁大麻子黑森了脸,伸出大巴掌,一掌掴了苏秀儿满脸花。

几个泼皮一齐上手,拳打脚踢,从屋里打到院里,从院里打到街上,众人看见,没人敢上前去拦。可巧,东大街武大官人路过,宁大麻子一看大官人脸色不好看,这才招呼几个泼皮讪讪地走开了。

众邻人七手八脚地把苏秀儿抬回老槐树底下,苏寡妇一见儿子被打成这个模样,自然啼哭不止。一个懂事的长者说:"大嫂且放下哭吧,快快收拾一下,逃避要紧,怕天黑下来,走也走不成了……"果然宁大麻子半夜赶到,见母子俩早走得无影无踪,便放把火烧了草棚。

三年后的中秋节前,一夜之间,老槐树下突然又冒出两间草棚来。太阳刚透红,便听有人大声吆喝:"新开锅的热馄饨!油酥小烧饼咪!"左邻右舍赶来一看,原来是苏秀儿母子俩又回来了。

苏秀儿已高了一头,宽出一膀,成了个浓眉欢眼的大小伙子,那老妈妈头上添了银丝,见老了许多。不到中午,这消息已传进宁大麻子耳中。宁大麻子心中"咯噔"一下,不觉倒吸了一口冷气,暗想:来者不善,善者不来呀。但宁大麻子在街面上充硬惯了,这回怎能服软。这回只不过多了点小心,多邀了几个贴心的硬手泼皮。太阳要着山时,便寻上老槐树底下。

宁大麻子站在树下,向正在舀馄饨的苏秀儿一抱拳,钢声硬气地说:"苏老弟,久违了。"苏秀儿抬头一看,唉呀,对头兵找上门来了,忙放下手上活计,抱拳答礼,说:"宁大爷,几年不见,您老还是这样威风。"说着话,宁大麻子带着六七个泼皮迈进门来。那些吃馄饨的一见"净街虎",都把吃了一半的馄饨放下,付了钱抬脚走人。

苏秀儿从灶上下来,客气地问:"今天哪位大爷请客?"

就听宁大麻子说:"记到宁大爷我的账上!"苏秀儿笑嘻嘻地说:"宁大爷,今天谁的账也能上,只有您老的账不能上。"宁大麻子翻了脸,站起来说:"苏秀儿,你今天要蹭宁大爷的老面皮怎的?"苏秀儿仍一脸笑容儿,说:"小的不敢。只是宁大爷一本账现已记满,旧账不还,新账难立。"

"什么?"宁大麻子一划拉,把一桌盘碗"哗啦"碎了一地。苏秀儿把肩上手巾"嗖"地甩了过来,正好搭在宁大麻子头上,只见他顺手一抽,把宁大麻子从方桌后提到当地。六七个泼皮见苏秀儿动了手,各操家伙前来帮忙。

苏秀儿把手巾一丢,一拧身子纵到门边,说:"众位且慢动手。咱小本生意,置办这桌椅板凳实实不易。这样吧,我今天平躺到地上,众位一齐把我按住不让我动,这账一笔勾销。如若按我不住,新账老账一齐清!"

"好,好,快躺。快躺。"众泼皮纷纷涌到门外。

苏秀儿一个"平倒泰山"躺在溜光平地上,六七个泼皮一拥而上,七手八脚,搌腿的搌腿,按胳膊的按胳膊。宁大麻子更损,跨马骑在腰上,两手死死按住胸膛。苏秀儿说:"按好了吗?"众人喊道:"小子,有能耐使吧!"

苏秀儿猛一个"鲤鱼打挺",稳稳当当站在当地。再看那些个泼皮,有的撞在水缸边上,头上碰出血疱;有的插进煤堆,成了黑老包;宁大麻子"窝"进门旮旯,闭过气去。

众泼皮一个个爬起身来,叩头求饶。宁大麻子更是满嘴央告说:"我狗眼看人低,有眼不识泰山高,还望苏老弟海涵。"

苏秀儿摆摆手说:"罢了,新账老账一笔勾销!"众乡邻见苏秀儿有了这样非凡的武艺,又替大家镇住了街面上一只"虎",兴奋不已,都让他再献绝技,以飨大家。

苏秀儿也知乡邻想借自己这股风儿,把宁大麻子这伙强徒再压一压,便点头应允了。只见他从竹篮中拿出两个鲜鸡蛋,平放在地上,一只脚踏上一个,开口说:"宁大爷,帮帮忙,把门后的那对石锁给我。"

宁大麻子从门后提起石锁,瞅冷"嗖"地一声向苏秀儿腰间砸了过去。苏秀儿双手一拢,把一双石锁稳稳当当接到手中,双脚在地上一搓动,鸡蛋在脚下滚动起来,苏秀儿把手中一双石锁抡得"嗡嗡"带风。

众泼皮有几个见过这样真功夫的?都惊得伸脖瞪眼,看得六神出窍,背冒冷气。

从此以后,宁大麻子再也不敢肆意闹事,苏秀儿的生意也越做越大了。

(李光藩　搜集整理)

锁飞拳惩教忤逆

　　隋末唐初,在风景秀丽的嵩山下,有一片榆林,在榆林深处,有个百十户人家的村庄,叫榆林村。

　　榆林村有户姓丁的铁匠,晚年得子,喜得不得了。他给宝贝儿子取了一个最得意的名字,叫丁橛子,那意思是:儿子要像一根铁打的橛子那样硬棒。老两口对这个宝贝疙瘩娇生惯养,万事总百依百顺。丁橛子长到十八岁,自个儿练了一身拳脚,对爹娘粗鲁忤逆。老两口被逼无奈,双双上了奔拉吊。

　　爹娘死了以后,丁橛子更是无法无天,偷鸡摸鸭子,整天价吃喝玩乐。

　　一天,丁橛子在赌场上输了个一干二净,走到村前,正遇上瓜把式姜老汉和他的女儿姜雪云推着一车西瓜在叫卖。丁橛子走上前去,不管三七二十一,伸手捧起一个大西瓜,笑着说:"解解渴儿,败败火儿!"说着,转身就要走开。姜雪云一见,气不打一处来,拦住他道:"怎么,你也不问个价儿,想抢西瓜不成?"

"抢?老子吃你个烂瓜是看得起你!哼,别说拿你个瓜,我还要抢人呢!"说着,"啪"的一声,摔了手中的西瓜,一个箭步冲上去,揪住了姜雪云的袖子,嬉皮笑脸地说:"哈哈,小脸蛋儿长得细皮嫩肉儿的,怪招人的……"姜老汉见状,抢步上前,抓住丁橛子的手腕,说:"橛子快放手!"这可惹恼了丁橛子,只听他骂了一声:"滚!"一个飞脚,把姜老汉踢了个后仰翻,并用左胳膊死死夹住姜雪云的脖子,"哈哈哈"地笑着。笑罢,他对周围的人发狂说:"都听着,我丁橛子是打遍榆林无对手,有谁不服,可以上来……"

没等他说完,从人群中走出来一个老人,只听他大喝一声:"住手!"原来这老人是刚搬到榆林村的外来户。只见他雪白的胡子齐胸,红光满面,袒胸露腹,光着脚板,右手拿着把芭蕉扇,扇了两下,又说:"丁橛子,你不要口出狂言!快把闺女放了,若不然,我不会饶过你的!"

这句话,如同五雷轰顶,激怒了丁橛子,他甩掉了姜雪云,一个猛虎跳涧势,奔那老人急扑过去。老人稳步一挪,丁橛子扑了个空儿,就来个"鹞子翻身",又飞扑过来。老人慢脚一闪,随即施出点穴术,朝丁橛子脑后骨上点了一下,丁橛子腿一软,栽倒在地上起不来了。

人们看着败下去的丁橛子,无不拍手称快,姜老汉父女俩十分感激老人的相救之恩。

半晌,丁橛子才从地上爬起来,两眼直视老人,结结巴巴地说:"好、好,你、你等着,五年以后,我、我回来,要不把你打、打败了,我倒、倒爬出榆林村!"丁橛子说罢,踉踉跄跄地走了。

榆树叶黄了,榆树叶绿了……一晃,五年过去了。

这天,是五黄六月天,天气热得很,中午刚过,丁橛子带着满身的武艺回来了。他来到那老人的家门口,只见大门紧闭,丁橛子叫骂不绝,好半天,也没人出来。丁橛子心想:这老头怕是老死了,要不,是怕我呀,躲起来了? 那我也得让大家知道我的厉害。于是,他就在门旁老榆树下的半拉碾盘上,运足了气,用手指抠起字来:

> 好汉报仇,
> 五年不晚。
> 该死老头,
> 不敢相见。
> 言而无信
> 寒碜……

丁橛子"丢脸"两个字还没抠出来,已累得满头大汗了。他坐在地上喘着气,就听背后咳嗽了一声,丁橛子回头一看,吃了一惊,原来是那老人站在他的背后。只见那老人的头顶全秃了,眉毛也白了,白胡子更长了,气色却不减当年,还是袒胸露腹,光着脚板。老人看罢半拉碾盘上的字,扇了两下芭蕉扇,笑着说:"这字写得歪歪扭扭的,还不如三岁孩童,我给你擦去吧!"说完,用脚掌在字上来回擦了几下,顿时石粉飞起,半拉碾盘还像原来那样光滑,一个字也没有了。

丁橛子不甘示弱,从地上蹦起来,"啊"地吼叫了一声,拉开架势,运足气力,来个雷公飞天势,两个"鹰爪"过去,就听"啪啪"两声,把老人的砖墙给掏了两个洞;一回身,他把砖头向空中抛去,立刻把飞过的两只麻雀打落在地上。可谁知老人见了竟然纹丝没动,反而笑着问:"你说咱俩是文打还是武打?"

"文打怎么讲?"

"先打三拳,后踢三脚。"

丁橛子心想:我学了五年的掌拳术和二指禅,怕什么,就说:"文打!我先打你三拳!"

老人笑着说:"好吧。"老人又扇了两下扇子,"进招儿吧!"

说时迟,那时快,丁橛子一个箭步飞过去,一拳给老人来了个"老虎扒心"。只见老人不避不让,把腹部一收,使出个筋鼓皮之力,狠狠地锁住了丁橛子的拳头,把丁橛子锁得"嗷嗷"直叫,动弹不得。他使出平生的力气,怎么也抽不出拳头。

就在这时,姜老汉父女俩推着一车西瓜走过来。姜雪云一见老人家的大墙被人掏了两个洞,怒道:"谁这么大胆无理,敢碰我师傅的墙壁!"说完,把车子交给父亲,然后左右抡臂,一个旋风脚上去,照着老榆树下的半拉碾盘,"咔咔"抓下两块青石,"啪啪"两下,把墙上的两个洞给塞上了。姜雪云补好墙洞,这才看清,被师傅锁住的是丁橛子,不由冷笑一声,问:"姓丁的,这五年,你在哪儿学的招法呀?"

丁橛子早就目瞪口呆了,此时,他低下头,偷看了一眼姜雪云,声音颤抖地说:"我……我在智惠师父那里学来的。"

姜雪云一听,忍不住笑了起来:"智惠师父,他是我师傅的八徒弟,这回,你成了我师傅的徒孙了!"

丁橛子一听,吃惊地朝老人脱口而出:"什么?你是我师父的师父?这么说,你是隐居在这里的昙宗师爷?我真该死,有眼不识泰山!"

昙宗师爷又扇了两下芭蕉扇,笑着说:"习武之人,要讲究武德,练武是用以健体防身的,勿为邪恶!"

"师爷,饶了我吧!"

"那倒容易,你必须立誓改邪归正,弃恶从善。"

"我终身铭记师爷教诲!苍天在上,并请姜家父女作证,我一定改邪归正,弃恶从善。"

昙宗师爷听了,点点头,笑了,扇了两下芭蕉扇子,肚皮轻轻地一鼓,把丁橛子弹出两丈多远,丁橛子忙趴在地上,给昙宗师爷叩着响头。

昙宗师爷被丁橛子的虔诚感动了,走上前去,扶起了他。姜老汉捧着一个大西瓜走过来,笑着对满头大汗的丁橛子说:"这回,老汉我送给你一个大西瓜,解解渴儿,败败火儿吧!"丁橛子红着脸,捧过那个大西瓜,不知如何是好。

(于济源 焦维贵 搜集整理)

蔑生死力镇凶僧

　　清朝雍正年间，有一个春天，名武师林天龙从九华山访友归来，雇了一只小船，穿巢湖而过。一路上，但见微波荡漾，湖光山色，十分醉人。忽然，他在万顷碧波中望见有一寺庙，参天古柏掩映着黄墙金顶，他猜想那定是佛门净土，打算上去游览一番，就请船老大拢船靠岸。

　　这位船老大生得口阔唇厚，脚大手粗，看上去像个憨厚的乡巴佬，听林天龙说要上岸游玩，当即落篷换篙，轻点缓撑，不一会就到了寺前石埠头。他把篙头往岸边一搭，船靠了岸，林天龙略一纵身，就腾上石级而去。船老大看他去远，随即淘米煮饭，准备林天龙回船吃饭。

　　谁知一锅饭还没煮熟，就见林天龙神情沮丧地回来了，上了船,他心事重重地闷坐在舱中。

船老大见他这副模样,诧异地问道:"客官为何这般愁闷?"

林天龙听到询问,只是长吁一声,并不开口。船老大劝解道:"客官何必忧烦,世上没有闯不过去的江湖,纵有狂风恶浪,只要稳掌舵把,逆浪而进,终能化险为夷,何愁不到彼岸?"

林天龙一听,觉得船老大虽然貌不惊人,出言倒还不俗,就缓缓说道:"实不相瞒,在下林天龙。三年前,我在炉桥镇遇见一个叫色空的凶僧在街头化缘,他手持一个斗大的铁木鱼,总有五六百斤重,放在大街当中,敲一敲,下面的青石板立刻碎裂,行人见了,不敢走过,商铺被挡,不敢开市,那些店主只得捧出铜钱来打发。谁知凶僧开口就要纹银三十两,而且见了一些年轻妇女,还口出秽言调戏。当时我正好路过那儿,看到这个情形,气得飞起一脚,把铁木鱼踢到街边。那凶僧气急败坏,挥起那铁木鱼槌向我扫来,我闪身夺过铁槌,随手拗弯,扔在沟中。凶僧顿时气馁,讪讪地过来请教我姓名。我说我是林天龙,凶僧狞笑着说:'好好,三年后再来领教。'说完悻悻而去。以后时过境迁,我也就不放在心上。今天上岸游览法灵寺,不想凶僧正在那里住持教徒练武,定要与我较量报仇。我看凶僧苦练三年,功夫已是不凡,而且寺内几百个僧人个个身手矫捷。我怕当时交手孤身一人,必定吃亏,只好相约明天上午去寺内比武。常言道,强龙难斗地头蛇。我明日如不去,坏了一世英名;如只身独闯虎穴,又怕凶多吉少,因此感到烦闷。"

谁知船老大听了,放声大笑起来:"我当什么了不起的大事,原来为这点小事。他要比,比就是了。"

林天龙本想听听船老大有什么好主意,不料他说出这种不知利害的话来,心想:你们撑船的怎知我们武林恶斗的凶险?他觉得多说也没什么用,就缄口无语了。

船老大见林天龙不说话,就悠闲地吸了几口旱烟,磕磕烟锅,笑嘻嘻地说:"这样吧,明天我跟你同去看看,怎样?"

林天龙连忙摇手说:"大丈夫一人做事一人当,不能连累你老乡。"

船老大说:"我去见识见识也不要紧啊,你就说我是你的徒弟好了。"

林天龙再三辞谢,船老大却执意要去,最后林天龙只好勉强答应下来。

第二天清晨,法灵寺三百多名僧人外罩僧衣,内藏兵器,整齐地排列在山门外,合十念经,色空身披锦袈裟,头戴毗卢帽,亲自恭候。色空自三年前受辱于炉桥,对林天龙是恨之入骨,回来后苦练内外功夫,誓报此仇,恰好林天龙自投罗网,正是天从人愿。今日比武,他暗自盘算:自己若是赢了,定要将林天龙尽情羞辱一番;如果被林天龙占了上风,只要一声号令,山门一关,小和尚们一拥而上,刀剑并举,不把林天龙砍成肉酱才怪咧!看来此举或胜或负,都不会吃亏,想到得意之处,不禁暗自狞笑。

等不多时,只见林天龙气度从容地缓步走来,后面紧跟着一个土气十足的船老大,一边走一边东张西望。色空假装笑脸,把林天龙"师徒"迎进了山门。

林天龙一看这阵势,总感到自己势孤力单,等会比武,即使能把凶僧打败,但要杀出重围,也是难于登天;自己招来仇家,死而无怨,可惜这憨厚的船老大无辜陪我殉葬,实在于心不忍。

正在这时,忽然飞来两只乌鸦,哑哑乱叫,正要往大香鼎上落脚。色空立即叱道:"孽畜,贵客临门,竟敢出此不祥之声。"随着话音,把手一扬,两支燕尾金翅镖应声而出,把两只乌鸦打落在地。林天龙看在眼里,心中更是担心。

船老大见了,却不以为然,指着那座大铁鼎,对林天龙憨笑道:"师傅,你看这玩意儿正好挡着道,还让乌鸦栖头,多讨厌!"

林天龙抬头一看,这个生铁铸成的一丈多高的大香鼎,像座黑塔似的矗立在院中,香烟缭绕,直冲霄汉,估计总有两千多斤重。他听船老大这么说,一时摸不透他的用意,那船老大却拱拱手说:"恕徒儿无礼了。"边说边奋起一脚,只听"轰"一声,大香鼎被踢倒在地。

这一脚,把在场的和尚全给镇住了,林天龙也十分惊讶,想不到船老大有此神力,不觉胆气壮了许多。

色空惊得一双贼眼瞪得滚圆,但是他毕竟见过大阵势,当即镇静下来,强颜欢笑地问林天龙:"请问施主,此位是?"

林天龙装作满不在乎地答道:"哦,这是小徒,乡下人,粗鲁得很,法师莫怪。"

色空嘴里说:"不妨,不妨。"心里却打起鼓来:徒弟有此神力,师傅那还得了?倒不可大意。可是转念一想:也许这村夫就只有一把蛮力,那就不足为惧。我手下三百多名徒弟,个个武艺高强,身藏利器,你二人纵有三头六臂,也难逃今日之劫。想到这里,不觉又得意起来,当下把林天龙师徒俩让进了大雄宝殿。三百多名小和尚也鱼贯而入,殿内殿外,摆好了厮杀的阵势。

进了大殿后,色空双手合十,满脸奸笑地打躬道:"贫僧三年前蒙施主赐教,时刻铭记心怀,今日又蒙光临,真乃三生有幸,还望施主不弃愚顽,多多赐教。"说罢,把僧帽一摘,袈裟一甩,立时凶相毕露,满脸杀气。

林天龙这时倒也把生死置之度外,也把长袍马褂一脱,撂给船老大,拱手抱拳,道声:"奉陪。"只待起势交手。

船老大接过林天龙的外衣,就在大青方砖地上来回踱了几步,像是在寻找挂衣服的地方。只见他脚步落处,大方砖块块碎裂,众小和尚吓得目瞪口呆。只听那船老大喊道:"师傅,俺看那些和尚们贼眉鼠眼,别偷了你的衣服。"边说边把衣服平抖出去,那双手竟坚如纯钢,向着大殿上两人合抱的大圆柱横扫过去,只听"嚓"一声,那大柱像被利刃划过,顿时现出一道深痕。说时迟，那时快，只见船老大弯腰俯身，使了一个"倒拔垂杨"的解数，大吼一声，把两丈多高的大圆柱倒抱而起，右脚一扫，把柱子下面五百多斤重的石鼓墩轻轻拨开，把衣服放在墩上，再用脚勾回石墩，把圆柱抱起来压上去。这一起一落，霎时间大殿顶上的瓦片"哗哗"直往下落，犹如山崩地裂，惊得那些小和尚纷纷抱头鼠窜，跑出殿外，连凶神恶煞的色空也从人丛中跳了出来，不住地向林天龙和船老大打招呼："施主高抬贵手，贫僧领教了。"

林天龙见船老大神力非凡，已把众僧镇住，也就顺势落篷，假意喝道："徒儿不得无礼，还不住手！"一面向色空抱歉道："乡下人粗鲁得很，法师海涵。"

色空暗忖：好厉害呀！徒弟有此神功，师父本领可知，幸亏没有交手，否则还不知要吃多大亏哩。当下强打哈哈说："施主，你我原是叙旧，以武会友，不想令高足误会了，快请到方丈室待茶。"林天龙也哈哈一笑，说："在下还有要事，不打扰了，就此告辞。"说完，一抱拳就要离寺。

"且慢！"忽然船老大一声大喝，犹如晴空霹雳，他一面用脚一蹬，移开大柱，轻轻取出衣服，放好大柱，一面对色空吼道："老和尚既然以礼相迎，为何不以礼相送？"色空听说，连忙点头强笑道："应当，应当。"就亲自陪着走出山门。那些小和尚正想跟着去，船老大回头把眼一瞪，大喝一声："留步！"三百多小和尚顿时像中了定身法，一动也不敢动。色空本来仗着人多势众，还想暗算，这一下反成了孤身一人，又不能装孬不送，真是进退两难。正在犹豫，船老大又摆手说："请！"色空只好硬着头皮陪着他们向寺外走去。

三人走过寺前树林，船老大又开口说："师傅，俺看这棵歪脖子树害人不浅，待俺把它收拾了吧！"边说边轻轻一掌，只听得"咔嚓"一声，一棵碗口粗的柏树立即一劈两段。

林天龙会意，称赞道："徒儿劈得好！"转脸对色空道："老法师,看来这树也和人一样,还是正直上长为好,如果歪着脖子害人,到头来难免要被劈断,不知老法师以为然否?"此时,色空早吓得只会"喏喏"连声,他殷勤万分地把他们送上船,才合掌道别。

　　船刚离埠,林天龙在舱内对船老大纳头便拜,口称:"师傅,你才是我的师傅! 今天若不是师傅大显神威,智勇兼施,制住凶僧,弟子就别想回来了。师傅有此神功,必是武林高手,敢问贵姓大名,日后也好报答。"船老大仰天大笑道:"同是天涯沦落人,相逢何必曾相识。我的行踪已露,此地不可再留,客官还是另雇别船,你我后会有期。"说完,拱手请林天龙上岸,扯起篷帆,飘然自去。

　　　　　　　　　　　　　　(荣锡珠　搜集整理)

斗鹰犬飞走绢桥

　　清朝末年,在北方的滦河边上有个偏僻的小镇,叫柳林渡。小镇上有户作坊,主人叫贾敬贤,他家大业大,伙计很多,于是专门从外地雇来了两个大师傅,给这帮伙计做饭吃。

　　这两个大师傅是一老一少。单说那位年轻的,姓杨,名继义,生得面目清秀,细腰窄背,筋骨强壮。别看他年纪轻轻,却举止稳重,平时虽寡言少语,而待人接物却极有礼貌,干起活来干净利索,非常勤快。作坊里几十号人,无论年轻年老的,都很敬重他,见面总爱称他一声"杨师傅"。

　　杨继义做完伙房里的活后,就主动为东家看门护院,一干几年,从没听他打听过工钱的高低,也不去账房里算账。东家贾敬贤感到过意不去,几次提出给他长工钱,还三番五次地要为他说门妻室,但都被他婉言谢绝了。

时间过得很快,一晃过去了三年。

有一天,柳林渡镇上突然来了一帮耍枪弄棍卖江湖药的,人们都说这群人是武林高手,头一次到小镇上献艺,于是不管大人小孩,都争着去看。

贾家作坊里年轻的伙计多,平日又十分爱看打把式卖艺的,听说来了一帮高手,大伙忙着干完活计后,也都想去开开眼界。

有几个年轻伙计,见杨继义终日辛辛苦苦为他们做饭,就邀他一同去,但杨继义婉言谢绝。大伙急了,就一齐动手硬拉强拽,谁知四五个人使出九牛二虎之力,也没拉动他半步,大伙不由得心里暗暗称奇。

正在这时,东家贾敬贤亲自来邀他。贾敬贤亲热地拉着杨继义的手说:"杨师傅,去吧,跟大伙去热闹热闹。三年来,你没黑没白地忙活,我实在过意不去,今天我给你放假啦,去也得去,不去也得去!"

杨继义碍于东家的面子,只得跟着一帮伙计来到街面上。

伙计们高高兴兴地簇拥着杨继义,当他们挤进人群,杨继义抬眼一看,只见一个五大三粗、满脸横肉的汉子正在使拳弄脚,他的身旁有十几个人,全是短打扮,正在为这个胖大汉助威。

胖大汉拳脚甚是了得,只见他一双铁锤似的拳头冲出去,呼呼生风,两条腿弹开去,好似秋风扫落叶。他身体虽胖,却步伐灵活,动作敏捷。再仔细一瞅,怪了! 只见他的左眼来回转动,熠熠发光,而右边的那只,却像死鱼的眼睛一样,一动不动。

这时杨继义正好和那胖大汉子打了个照面,不由地心头一惊。他也来不及向众伙计打招呼,忙轻轻分开人群,回头就走。

那胖大汉也认出了杨继义,他那会动的左眼顿时露出了怕人的凶光。他见杨继义走了,忙向身边的人耳语了几句,就冲着人群一声吆喝:"散开! 快散开!"连摊子也顾不得收,一转身带着人匆匆离去。

再说杨继义脚下生风，一转眼回到作坊，径直找到东家贾敬贤，说："东家，我有急事，要马上离开这里，三年工钱我全不要了，只求你给我一匹绢子。"

贾敬贤一听杨继义突然要走，感到奇怪，忙问这是为什么。杨继义只是苦苦一笑，不肯回答，还是催促东家赶紧给预备绢子。

贾敬贤见他走意已决，便诚恳地说："继义，我的好贤弟，你为什么要走？是谁得罪了你，还是我平日怠慢你了？贤弟呀，你在我这里，三年来吃辛吃苦，到今日却要两手空空就走，这叫我怎么过意得去呢？"他嘴里说着，两行热泪竟顺着脸腮滚了下来。他紧紧攥住杨继义的双手，说："继义，在这里，有我吃的，就有你吃的，有我花的，也有你花的，你可千万不能走啊！"

杨继义见东家一片真情挽留，非常感动，但他知道如果再耽误下去，就有杀身之祸，心里一急，就对贾敬贤说了实话："东家，咱主仆一场，你待我如同兄弟，我也想在柳林渡待下去。可眼下我不能在这里待啦，我是三年前朝廷明令暗缉的要犯，我不能连累别人，必须得走！"

贾敬贤一听大惊失色："什么？你是谁？"

"我就是当年京东闹义和团的大拳师康小八，刚才在街上被清廷的鹰犬认出了，所以我不能再呆在这里。"

一听自己眼前就是当年闻名京东的义和团大拳师康小八，贾敬贤惊喜交加，慌忙纳头便拜，连连说着："失敬！失敬！原来你就是大拳师康英雄，真是有眼不识泰山啊！"

康小八双手扶起贾敬贤，忙让他火速去准备他出走所需要的东西。贾敬贤立即让人买来一匹上好的红色绫绢子，亲手交给了康小八。

这时，天色渐渐黑了下来，东边的柳梢上已经挂起了一弯月牙儿。康小八全身扎束停当,更显得英俊利索,他腰插折刀,把那匹红色绢子斜背在肩上,正要出门离去,突然火把映红了半片天,那个胖大汉带领众多清兵把个贾家作坊围了个水泄不通,叫嚷着要生擒活拿通缉要犯康小八。

康小八一见这阵势,忙从腰中抽出折刀,一个箭步快似闪电,冲到胖大汉面前,疾步进刀。胖大汉见他来势迅猛,忙举鬼头刀相迎,两个人是冤家路窄,仇人相见,一个要报一镖之仇,一个要解偷袭之恨,拼死厮杀起来。

原来这个胖大汉,人称"小巴虎",是个甘当清廷鹰犬的武林败类。三年前,康小八领导的义和团在滦河岸边与洋鬼子展开一场血战,当他带着剩下的弟兄刚冲出包围,却遇上了小巴虎的埋伏,幸亏康小八用金镖打瞎了小巴虎的右眼,才逃得性命。小巴虎一直四下暗中查访康小八的下落,今天在小小的柳林渡找到了仇人,他以为自己报仇、升官的机会到了,当下密告清兵,包围了贾家作坊。

两人你来我往,斗了十几个回合,小巴虎感到两臂被震得发麻,他想:不好,康小八三年隐居,功夫大有长进,我不能和他硬拼,得想法擒住他。想到这里,他往后一闪身,让众清兵上前围住康小八,又暗暗指挥弓箭手弓箭侍候。

清兵"嗷"一声围上来,可是康小八一把折刀上下翻飞,抡得车轮般圆,呼呼生风,只见刀光不见人。冲在前面的清兵被纷纷砍倒在地,做了刀下之鬼。

小巴虎一见急眼了,挥着鬼头刀凶神恶煞般地扑了过来,众清兵也拈弓搭箭,缩小了包围圈。

康小八一看形势不妙,忙卖个破绽,又砍倒了两名清兵,杀出重围,放开虎步,向正东奔去。小巴虎哪肯罢休,带领清兵在后边紧紧追赶。

康小八疾步朝前奔去,跑了没有几里远,突然一条三四丈宽的大河横在眼前,只见河面水深流急,波浪滚滚。小巴虎心头一乐,暗暗得意:康小八呀康小八,这回我看你还往哪儿跑?要过这条河,一没桥二没船,哼哼,除非长上了翅膀!

谁知康小八奔到河边,一不着急,二不惊慌,只见他一手持刀,另一只手"嗖"一下从肩上抽出那匹红绢子,用力朝河对岸一甩。顿时,红绢像一条彩虹横跨河面,随着这道彩虹般绢桥的出现,康小八身轻似燕,闪电般地踏上绢桥,"嗖嗖嗖"在上面迈开虎步,一转眼就蹿到了对岸。康小八刚一过去,这条飞舞在河上的绢桥立刻落了下去,顺水漂走了。

看到这情景,追捕康小八的清兵们一个个目瞪口呆,竟失声惊呼了起来:"好轻功啊!"

小巴虎听到这惊呼声,气急败坏地举刀砍翻了两个喝彩的清兵,急令清兵下水渡河,又让弓箭手隔岸放箭。随后,他自己正准备下水,突然只觉眼前金光一闪,他大叫一声:"不好!"刚想躲避,已经晚了,那金光正是康小八从对岸飞过来的三支金镖,这金镖比起三年前,来得更快、更猛、更准。他的额头、咽喉和面门接连被击中,只"啊呀"一声,便倒在地上伸腿瞪眼,不一会儿,这个双手沾满义和团鲜血的刽子手就毙命了!

清兵们一怔,谁也不敢过河了,眼巴巴地瞅着对岸的康小八扬长而去。

(杜士林　搜集整理)

度寒暑再展杏旗

这个故事发生在晚清光绪年间。

在苏北靠近山东的地方，有一个不大不小的镇店，叫作高风寨，全镇约有万把户人家，半商半农，周围三五百里内颇有名声。这年正月过去，杏花、桃花先后开放，高风寨正逢香火庙会，四乡的京广杂货、土特名产，把高风寨挤得水泄不通。在闹市的东南角，有人划开二亩见方的一块广场，广场正中，竖着一杆杏黄旗，旗子中间绣着八个黑色的正体大字："打遍天下英雄好汉"。旗杆前边，摆着一列兵刃，上首站着一个四十岁左右的汉子，下首站着两位十八九岁的年轻姑娘，三个人都是山东人打扮，利利索索，一看就知道是江湖人物。那汉子打量四周的看客，已经围上有好几层了，就向前走了几步，抱了抱拳，说："兄弟名叫李大虎，山东曲阜人,幼年跟着名师学了一身武艺,这几年来,跑过不少水陆码头,也遇见过许多英雄好汉,说句狂话,确实没逢上对手。耳闻贵处是个藏龙卧虎之地,所以斗胆拉起这面杏黄旗。如有不吝指教的师傅、朋友,请到场里较量较量……"

李大虎等了一阵,没有一人进场,就说:"好吧,既然列位抬爱,那么我们爷三个就要献丑了。"他扎了扎腰带,原地打了一遍八仙拳,真是仰如摘月,俯如探海,众人啧啧称赞。接着,李大虎同两位姑娘又练了一套双枪索刀,只见枪去如扎花,刀来如银练,一阵子把大家弄得眼花缭乱,周围掌声如雷。

正在热闹当中,忽见场子东南角上,人群自动让出一条路来,迎面走来一人,李大虎一看,便知是"打擂"的来了。他急忙煞住单刀,迎上一步,拱了拱双拳,说:"请问兄台尊姓大名?"来人笑道:"我叫王五,土生土长在高风寨,因为自幼喜爱拳棒,所以特来请教!"

李大虎仔细一打量,只见他脸膛枯黄,眼睛细长无光,嘴角略有几根胡须,约有三十开外的年纪,身穿一件褪了色的蓝布大褂,拖着鞋,人不出众,衣不惊人,便带着三分瞧不起的口气说:"敝人眼里认得朋友,拳脚可认不得朋友!"

王五说:"进得场来,就不怕挨打!"说完,顺手脱去大褂,提上鞋子,拱拱手说道:"来吧!"李大虎依仗一身功夫,也就大模大样地迎了上去,先朝王五虚踢了一脚,然后狠狠地打来一拳。谁知王五身子非常轻巧,滴溜一个翻转,一步绕到李大虎背后,挥手就是一拳。李大虎没有防备,猛然被他一击,身子晃了几晃,几乎跌倒。周围观众见王五出手得利,齐声喝彩。李大虎恼羞成怒,就把拿手的看家拳使出来了,上三下四,左五右六,拳如流星,脚如闪电,直向王五扑来。王五向后退了三步,眼看要败,李大虎乘胜打来一拳,众人不约而同地说了声"坏了",谁知王五却不慌不忙,闪身躲过李大虎的飞拳,顺手"搋"住他的手腕,只一拉,李大虎"噗通"摔了一个嘴啃泥。四围的观众嘘了一口凉气,哄堂大笑起来。这时,站立一旁的两位姑娘,一个拔枪,一个拉刀,就要动手。李大虎爬起来,连忙拦住道:"算了,今天逢到这位好汉,叫咱知道'人外有人,天外有天'。王五的功夫不浅,可称神拳呵!"转身他又对众人说道:"李大虎今天败给高风寨了。不过,我回到山东,还要苦学苦练,三年之后,再来此地相见。"说罢,扯下杏黄旗,收拾了兵刃,悄悄地离开了高风寨。

提起王五,确是高风寨的老户。他自幼就生得有几分蛮力,打起架来三个五个的不是他的对手。后来有个外方的道士路过高风寨,看准他根底好,就住下教了他三年武艺。这一来,王五有了真才实学。可惜这个镇上的人大多是势利眼,看到王五家贫如洗,除非打架,谁也不把他放在眼里。

自从王五打败了李大虎以后,英名大震,镇上的王举人同他攀了本家,并给他绣了一个"神拳王五"的红旗,立在他家门前。镇上的豪商巨富,人人争着同他相交,周围三五百里来登门拜访、学习拳脚的络绎不绝。王五有了声望、钱财以后,认为"神拳王五"这面红旗不能表现他的威武,于是就把"神拳王五"的红旗换成"拳打山东李大虎,天下英雄第一名"的大黄旗,高高地悬挂在高风寨上。

转眼三年过去了。

这天正赶上元宵佳节,天色阴霾,鹅毛般的大雪下了一整天,王五约了王举人和另外两个朋友在一家酒店里喝酒赏雪。酒到兴头,就说起当年拳打李大虎的事情,王举人说:"屈指算来,已经三度寒暑,记得李大虎临走之际曾说回乡苦学苦练,三年后还要再来高风寨赌个上下,五弟不可不防!"王五呷了一口酒,哈哈大笑道:"他已经知道我的厉害,就是写张红帖去请,谅他也不敢再来!"

酒兴正浓的时候,酒保忽然进屋来说:"五爷,外边有客来访!"

王举人把着酒杯问道:"何许人也?"

酒保恭恭敬敬地答道:"不是本地人。"

王五说:"这几年交了无数朋友,想也想不尽,道也道不完,想必是登门相谢,或是闻名拜访。"他把手一挥,说:"请他进来喝酒。"说话间,王五猛一抬头,只见客人已经来到台阶。他细细一打量,有些面熟,可是记不起在哪里见过。客人没等王五开口,便说道:"我是李大虎,难道认不得了? 分别之时,约定三年相见。我素来不失信,今日特来领教。"王五一见李大虎站在面前,不觉一愣。正想起身,只见李大虎跨前一步,用一只手按住王五的前额,说道:"不要客气,请你坐稳吧!"

王举人和在座的两位朋友见李大虎突然而来,实在有些吃惊,又看到他举止傲慢,都盼着王五迎面给他一拳,把他打倒,谁知王五身子晃了三晃,没能站得起来,反而紧头缩颈,身子矮下半截,都感到十分奇怪。

李大虎端起一杯酒,一仰喝尽,笑道:"士别三日,本应刮目相看,不想王五弟放松了功夫,三年来毫无进益……"话罢向四人拱拱手,扬长而去。

王举人见李大虎突然而来,又突然而去,便向王五问道:"怎么样?"只见王五指了指脚下。王举人低头一看,"啊"了一声。原来,王五的两腿已陷入土中半尺多深,连他坐的那把椅子都一块陷了下去。王五说:"李大虎伸手按我的前额,这一手叫作'泰山压顶',十分厉害。我一看躲之不及,就用尽平生力气,想把他顶回去,谁知地下过松,身子连同坐椅,一齐下陷了!"三人听他一说,大惊失色。王举人忙道:"这地上铺块砖,下铺碎石,怎么是地下过松?"王五叹了一口长气,说:"李大虎三年中长进很快,我……我已经不是他的对手了!"

(蕾　原　记)

化干戈共保江山

　　德州原先有个村子，叫有益村。据说，那阵村里有个大寺院，寺里有几十个和尚。那寺院修盖得整整齐齐，院里院外古树成阴，十分清静。寺院里经声朗朗，香火兴盛，可是就在这佛门净地前面不远处，偏偏有一个姓顾的开起了一家包子铺。

　　这个包子铺越来越兴旺，成天价杀猪宰羊，灶房里蒸包子的香味扑鼻，直往寺院里面刮，闻得寺院里的小和尚们直流口水，哪里能够定心归神地拜佛念经？这一来，惹恼了寺院里的住持。

　　这位住持，不但熟谙经典，而且武艺高强。他左思右想，只有让包子铺关门，才能给寺院除了这一祸害。可是要人家停火总得寻个因由呀！琢磨了一阵，便叫徒弟在寺院旁边筑起个台子，然后找着包子铺的掌柜说："我看咱两家得赌一赌啦！"掌柜的吃了一惊,说:"哎呀! 师父,你念你的经,我卖我的包子,咱井水不犯河水,赌啥赌?"和尚说:"我问你,寺院是不是修真悟道、讲经参禅的地方?"掌柜的连声应道:"是啊! 是啊!"和尚说:"你在寺院前面开了这么个包子铺,没白没黑的人嚷马叫,闹得寺院里没个安静气,搅乱清心,耽误佛事,你说可恶不可恶?"掌柜的张开口,却不知怎样回答才好。和尚又说:"我们出家人脱离尘世,一心修行,五戒中第一戒,就是不杀生,平常我们扫地怕伤蝼蚁命,爱惜飞蛾纱罩灯,可你却成天在俺寺院跟前杀猪宰羊,这不是跟寺院作对吗?"掌柜的怔了好半晌,才吐了一句:"师父,你这话未免太重了吧?"和尚说:"不重,不重,反正这场输赢是赌定了。实话对你说吧,台子我已经筑好,我摆擂台,你尽管请能人来打。在一百天内,要是打不过我,你那包子铺就得关门;要是我输了,我十年不进寺院的门。"

掌柜的没法说服和尚,只好答应了。

掌柜的知道和尚有一身好武艺,就东请西请,请来了会武艺的能人。可是比来比去,打了九十九天都没有打得过和尚的。眼看着包子铺就要关门,掌柜的愁得像害了场大病一样,整天耷拉着头唉声叹气,没有了精神。

这天,他雇来烧火的老头问他道:"掌柜的,看你这几天愁眉不展,垂头丧气的,是怎么回事?"掌柜的说:"唉,别问啦,我给你几个钱你走吧,明天这个包子铺就得关门啦!"老头奇怪地说:"多兴隆的买卖,为什么要关门?"掌柜的长叹了口气,说:"我跟寺院和尚的赌赛输了,明天就是一百天,不关门有什么法子?"老头笑笑说:"这样吧,明天我去招呼招呼他,跟他比试比试看。"掌柜的听了直摇头:"这怎么行? 我请了那么多有本领的好汉,都输给了他,这可不是耍着玩的事,我怎么能叫你去冒那个险?"老头说:"你放心,等到明天看吧。"

掌柜的见老头说得很认真,便瞪大一双惊疑的眼睛,把老头浑身上下又打量了一遍。只见老头干干巴巴,筋筋瘦瘦的,心想:就凭他这副身架,能是和尚的对手吗?又一寻思:没有金刚钻,怎敢揽瓷器活?凡是揽承,就有他两下子,反正输已成了定局啦,死马当活马治吧。于是便答应了。

第二天,和尚早就等在擂台上了,四周看热闹的人围了一大圈。老头当真去了,只见他仍然是烧火时那套打扮,青粗布裤子,蓝土布褂,不紧不慢,一步一步登上了擂台,拱拱手说道:"师父,今天咱俩来比试比试吧!"

和尚笑道:"哎呀!这掌柜的真是开玩笑,你这么大的年纪,胡子一大把,瘦骨拉筋的,来打什么擂台?常言道:'留情不举手,举手不留情。'我的手重重的,要是伤了你,那不叫人笑话。"

老头说:"你这和尚,怎么能从门缝里看人?俗话说:'人不可貌相,海不可斗量。'你别看我岁数大,可是筋骨强,哪儿不如你?不信咱就试试!"和尚想:这老头太不知深浅,我得露一手让他看看,叫他跌个跟头也学点乖。便问:"你一定要见个上下吗?"老头应道:"一定要见上下!""果真要比试?""果真要比试!"和尚说:"行!咱就比吧!"老头问:"咱怎么个比法,文打还是武打?""文打怎么,武打怎么?""武打就你一拳我一脚,或是动家伙打。文打是不动刀枪,我出个法,你能破了,就是你赢啦!你出个法,我胜不过,就算我输了。"

和尚说:"那咱就文比吧。你岁数大,你先出吧!"

搭擂台的时候,立起了一根槐木柱子,老头要了根两寸长的铁钉子来,用手一下子就按进了柱子里,说道:"你用手能把钉子拔出来,那就是你赢了。"

钉子入了木,结实得跟长的一样,连个头也不露!和尚的手抠出了血,也没能拔出来。他看看自己的手,深知自己的武艺不如老头,服了!当着围围那么多看热闹的人,和尚脸一阵发热。他下了擂台,说了声"十年后再比高低",就甩开大步,头也不回地往东南方向去了。

日赶月，月赶年，很快十年过去了。这时，老头已经老啦。这天和尚回来了，他像铁塔一样在包子铺大门前一站，说道："我就是这寺院里的住持，十年前搭擂台比武的就是我，那年我败了，今天咱还得接着前茬，再来比试比试。"

掌柜的听了大吃一惊，连忙去招呼老头出来。老头拄着拐杖走出来，和尚一看愣住了：十年的工夫，老头背也驼了，腰也弯啦，松蓬蓬的胡子霜雪一般的白。没等老头开口，和尚便说道："我本来想跟你比武，看你这样老了，也不想再跟你比武啦。只是我有句话得说说，天外有天，人外有人，我这十年的工夫，是出去拜师学艺啦。"说着，歪头看看，见大门旁边有个石碾盘，便走过去，胳膊朝碾砣子那么一伸，手就插进石头里面去了。

掌柜的吓呆了。老头走到和尚跟前，说道："你说得对，强中还有强中手，能人以外有能人！我服输了。"掌柜的明白过来，忙说："师父，明天我就把包子铺关了，让师父安静修行。"

和尚说："这次回来，我不是为了争这口气，你的包子铺不用关门。现在洋鬼子打进了中国，我得跟大家一起去保江山！'国家兴亡，匹夫有责！'没有国家，僧人怎么能度人脱苦，更修不了无量寿身，这僧俗都是一理！只是有一个条件，我有些徒弟走到这里，吃包子你不能要钱。"掌柜的欢喜地答应了。

这和尚上了平原，跟朱红灯一块闹起了义和团。据说他就是铜头和尚，是当时义和团里很有名的领袖之一。

掌柜的把和尚的话记在了心里，义和团起来后，和尚的徒弟都参加了义和团，不断地从有益村路过，掌柜的总是拿最白的面做包子皮，想法把馅调得更加好吃，真是闻一闻清香扑鼻，尝一尝鲜美可口。无论他们吃多少，掌柜的从来不肯要钱。天长日久，大家就把有益村叫成了"友谊村"。

（董均伦　江　源　搜集整理）

巾帼武秀

柔能克刚，
弱能制强。

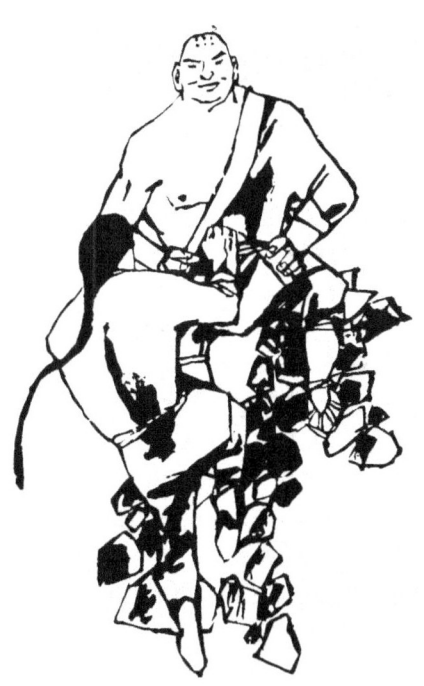

丑新娘巧戏井霸

有这么一个地方，原本很荒凉，没几户人家，后来这地方出了矿，做买卖的开矿的多起来，就形成了一个屯堡。

祖祖辈辈在这屯堡里留下一口井，全村人就靠吃这口井的水生活，后来，人多了，用水不方便，人们就想另打几口，可挖了好几个窟窿，就是一滴水也没见着，干忙乎。

这一年冬天，有一个赶路的，也不知是累的饿的还是别的什么原因，反正走到这口井旁，就倒下咽了气。死了人得报官，地保马上呈报了县太爷。

县官坐着四人小轿，来到死人的地方，把附近的居民召集了来，问："这具死倒谁来认？"没人应声。谁认谁得吃官司，哪敢接这个茬呀！

这时,一个过路人来到县官面前。躬身一礼道:"大老爷不必犯愁,看死倒的形状不像有人谋害的样子,倒是他自己死的。如果大老爷赏我一件东西,我可以认这个死倒,把他埋了。"

县官就愁这事,有人一认,一埋,这案子就简单了,便问过路人:"你要本县赏你什么东西?"

"大老爷把这口井赏给小人,就中了。"

那还不中?一口井,不用花钱,县官当场批了文书。过路人收起文书,便认那死倒是他亲戚,买口棺材,发送了。

县官走后,这过路人对大伙说:"我认了死倒,给这一带村民省了一场官司,县太爷把这口井归了我,从今以后,我得把这口井看起来,凡是来挑水者,一挑子水给五个大钱。"

这还了得?千千个明日,万万个后日,张开嘴,离不了水。谁家有那么些钱?

屯堡里的人火了,商量商量,决定找他说理。讲理咱好说,不讲理,把他打跑算了。

一划拉,聚了百十号人,拿着扁担、水桶来到井前要挑水。那过路人坐在井台上,等着收钱呢。哪有钱?人群中有人喊:"打,打这个狗日的,叫他还敢霸咱的井!"

"打?好。"那过路人"呼"地站起来,就地转了一圈,连喊:"来呀。"

好家伙,这一喊,大家可就不让劲喽,"呼啦啦"转圈往上冲。只见那过路人左手一划拉,左倒一面子;右手一划拉,右倒一面子;三下五下,弄倒了一大片;再看人家,站在那儿纹丝不动。

这过路人哈哈哈一阵大笑,正巧井旁东倒西歪地扔着五个大石磙子,他走过去,一抬脚,"啪"地一个踢出去老远,又"啪"地把另一个也踢过来,正好落在一块,接连踢滚了三个石磙子,还剩下俩,一手提一个,轻轻地撂在踢到一块的那三个石磙子上,吼一声:"哪个不怕死的,我倒要领教领教!"只吓得人们连滚带爬地逃了。

从此，这口井让那个过路人给霸下了，无论谁打水，只好给他钱。这人成了井霸，干脆雇人看井，不几年就发了财。

且说这镇上有一家打外地娶了个媳妇。媳妇长相不怎么样，整天黄皮拉瘦的，婆婆嫌，女婿也不中意，谁得着谁打。丑媳妇忍气吞声，挨打就挨打。

一天，家里要去挑水，实在没钱了，只愁得婆婆唉声叹气。媳妇说："婆婆，别叹气，不就吃口水吗？地下淌的，又不是他家种的，我去要一担。"

婆婆喝道："小贱人少多嘴，就你那样子，能去要水来？他不一巴掌掴死你才怪呢。"

媳妇说："我有办法。"说完，挑了水桶就走。

小媳妇来到井边，也是该出事，偏偏井霸这天在井旁闲坐，小媳妇躬身一礼："大哥，我想挑水。""扔下钱，就挑呗。""可是我没钱。""没钱？没钱不吃呗！"

小媳妇一笑："那还能渴死人嘛？"

"我不管。没钱，你给我远点儿！"

小媳妇放下水桶扁担，提起一只水桶就硬要去灌水。井霸火了，有心打她一下，又怕她不抗一指头戳的，就拿起她的扁担，一撅两半截，像撅棵葱一样："我叫你挑！"

小媳妇见没了扁担，水也不打了，两只空桶摆开，一吸气，"呼"地一口，立时有两股水从井里飞出来，掉到两个桶里，正好满了。然后，从腰里抽出一根布带儿，用手一捋，笔直，像铁棍一样，一头窝一个勾儿，挂住水桶，挑起来就走。走到井霸摆着的那五个石碾子跟前，看了一眼，说："谁家孩子，这么淘气！"一个碾子踩上一脚，都给踩陷到地里去，跟地面一般平。

这井霸吓得差点屙了裤子，当天夜里，不知逃到哪儿去了。

有看见的赶快去告诉小媳妇的婆婆："你那媳妇真能啊，把井霸给吓跑了！"

婆婆和丈夫听了小媳妇斗井霸的经过，吓得要死要活，平常时不时地打人家，原来人家这么有能耐，这回怎么交待？

小媳妇笑了："婆婆和丈夫别见笑，自小在娘家学了点把戏，不逼急眼了，哪敢露出来！"

打那以后，这村子再也没了井霸，全村人见了小媳妇，都像敬菩萨奶奶似的。

（顾文显　整理）

慈山姑义释贼顽

　　故事发生在民国初期。有一天,在京汉铁路列车的一节车厢里,有一位怀里抱着一个小孩的山村姑娘,突然在一个农民的肩头上轻轻拍了一下,指指他鼓鼓囊囊的衣袋,附着他的耳边说了几句话,那农民顿时慌慌张张走进了厕所间,过了一会,农民下车走了。

　　那山村姑娘眼看农民下车后,到了一个小站口,她也抱着孩子下了车,走了一段路,便进入了太行山的一条峡谷之中。

　　山姑正在那山峰耸立、树木阴森的山谷中走着,突然有八个彪形大汉从背后追来,他们边追边大声喊着:"拿命来!"

　　山姑听到喊声,回头一看,不由吃了一惊,她定了定神,含着笑脸迎了上去。

　　为首的大汉立眉竖眼,面带杀气,两腮横肉一绷,厉声喝道:"可认得俺吗?"

　　山姑脸上仍旧笑着,嘴里却怯生生地说:"大哥何出此言,小女不识尊颜!"那汉子冷笑两声,咬牙切齿地"嘿嘿"一阵冷笑,说:"你倒健忘,车上之事俺还记得!"

　　山姑一听,嘴里连连说道:"知道了,知道了,都怪小女年轻不懂事,以后再也不多嘴管闲事了,望大哥饶小女这一次吧!"

　　那汉子大声斥道:"饶你? 我问你,你一碗饭已到嘴边,忽然有人撒把沙进去,叫你吃不成饭,你能饶他吗?"那七个汉子齐声嚷着:"不饶!"

　　原来这群大汉是一伙强盗,刚才在火车上,他们已盯上了那个农民,被山姑发现,告诉了农民,破了他们的事,现在是追上来问罪的。

　　山姑见强盗不肯饶她,只得收了笑容,问道:"众位大哥,既然不肯饶恕小女子,但不知如何发落?"众强盗吼道:"不坑财,则害命,这是老规矩。"说完,掷过麻绳,要山姑自己缢死。

　　谁知这山姑一点也不恐慌,反而微微一笑,轻声说:"那好吧,我多事,我承当。不过这事和我那小孩无关,可否饶他一死?"众强盗互相交换了一下眼色,说:"可以。"

　　于是,山姑慢慢地走到一棵大树下,将怀中小孩放在地上,脱下自己身上的罩衣给孩子披上,然后把自己身上的腰带束束紧,站在路当中,平静地说:"我不想自己寻死,倘若你们一定置我于死地,请来动手!"

　　只见为首那汉子"啊"一声狂叫,扑向山姑,伸出铁钳似的大手,准备将山姑抓起摔死。哪知,他用手抓住山姑的腰带,用尽平生之力拉了三拉,举了三举,那山姑却似磐石一样,纹丝不动。那汉子又羞又怒,他往后退回几步,再一声大喊,恶狠狠地又冲了上去,右手握拳,照准山姑面门击去。山姑见了,不慌不忙,只轻轻用左手一架，就势握住对方右腕，只一抖，叫声"下"，那汉子突然一声尖叫，左手托了右臂，闪在一旁，疼得浑身发颤，动弹不了。

其余七人，一齐大叫着扑上来。那山姑依然不慌不忙，脚蹬手拨，转眼间，七个人有的被摘了胳膊，有的被摘了腿，他们知道遇到了高手，一个个苦求饶命。山姑走过去抱起孩子，环视众强盗，斥道："你们为盗太过分，今日到头了。我好心给脸不要，硬要加害好人，幸亏遇到我，若遇他人，岂不在你们手下丧生？起来，随我回家，再听发落！"

众强盗没法，只得"哼哼唧唧"地跟着山姑沿着崎岖山路朝山上走去。约摸走了三五里，来到一座山庄大门前，山姑命令道："你们在门口等着，不许乱动，动一动要你们命！"说完，缓步进院去了。

众强盗在外等了好长工夫，才见一位身材魁梧、白发银须、手持山木拐杖的老人走出来。他冲着众强盗说："你们也太逞强了，听我女儿说，你们还有歪词，说什么一碗饭到嘴边了，有人撒沙子进去，害你们不能吃饭了。我问你们，那碗饭是谁的？是你们一滴血、一滴汗种地换来的吗？那是人家的嘛！今天你们幸好遇到的是我那小女，她心慈手软，没要你们的命，若遇我那八个儿子，不把你们捏成肉粉？算了，既然我女儿不要你们的命，我上年纪的人也不加害你们了。她会摘，我会按，我把你们胳膊腿按好就是了。"说完，抖胳膊摇腿，他把八个强盗的臂腿全部对上了，然后说："你们想报复，就请来吧，这是我家大门，我老汉等着你们。"

八个强盗立即倒身跪拜，齐声道："小的不敢！"说完，灰溜溜地逃走了。

（肖忠田　搜集整理）

强寡妇计除大害

　　三百多年以前,传说在山东济南府的东城门附近,有一家闻名全城的济生药店。药店里百药俱全,生意兴隆,一些穷苦的病家来抓药,药店常常少收药费或不收药费。

　　一天下午,济生药店门外来了一个五大三粗、满脸横肉的头陀,他手里捧着一个约有七八十斤重的铜钵,"噔噔噔"跨进店堂,把铜钵朝柜台上一搁,开口便说:"我是蓬莱仙山来的僧人,小寺跟宝号有缘,特地不远千里前来募化银两,替神像装金。"

　　药店里管账先生一听,连忙从金柜里取出整整四吊铜钱,双手捧着,恭恭敬敬地放进头陀的铜钵里。没想到头陀伸手把铜钱抓起来撒了一地,放声大笑说:"你们把我当成个叫花子了,这几个铜钱,还不够我买鞋穿呢!说句实话,今天宝号必须拿出二百两纹银才行。这是积善行德嘛,菩萨会保佑你们财源茂盛、一本万利的。快快把银子拿出来吧!"他这一说,可把管账先生急得没了主意。

原来济生药店的男主人五年前病故了,女主人又在半月前外出办货,家里只剩下一个才八岁的小主人。二百两银子的主谁能担当得起呢?管账先生只好把情况向头陀说了一遍,请他等几天再来。可是尽管管账先生说破了嘴皮,头陀却像没听见一样,动也不动。

正在这时,从里间走出一个八九岁的娃娃,只见他长得眉清目秀,文质彬彬,上身穿一件紫红色短袄,下身穿一条宝蓝色灯笼扎脚裤。他就是济生药店的小主人,叫李继龙。继龙一眼看到店堂里的头陀,柜台上的铜钵,觉得十分稀奇,就向管账先生问这问那。

这时店堂门口看热闹的人越聚越多,人们议论纷纷。这样僵持了好一会,头陀才开口说:"要我走不难,只要谁能一只手把铜钵从柜台上拿下来,不出一点响声,我分文不要,马上就走。办不到,必须如数拿出银子。"

听了头陀的话,在场的人都惊得目瞪口呆。看看这么重的铜钵,别说一只手拿它不动,就是两只手搬也不能不发出响声。可小继龙听了,却走到头陀面前说:"老法师,你说话算数吗?"头陀说:"一言既出,驷马难追,当然算数!"继龙听了二话没说,搬来一张方凳放在柜台边,自己站上方凳,刚好比铜钵高出一个头。这时,在场的人都弄不懂这小孩要干什么。只见继龙伸出三个手指头,捏住铜钵的一个边,轻轻一提,就把铜钵提了起来。"好!"大家立刻喝彩。继龙又大叫一声:"闪开!"站在店堂门口看热闹的人,立刻让出丈把宽的一条道。继龙一挥手,铜钵被甩出两丈多远,"哐啷"一声在地上又滚了半圈,"哗"看热闹的人使劲鼓起掌来。

头陀讨了个没趣,他没有马上去拿铜钵,却跑进店堂,伸出只有四个指头的右手,朝小继龙的右肩轻轻拍了三下,嘴里说:"小施主,贫僧和你前世有缘,三天后再见吧!"说完出了店堂,捡起铜钵,就头也不回地大踏步走了。

太阳快落山的时候,济生药店的女主人采办药材回店了。她一进内室,看到继龙没精打采地独自闷坐着,顿时大吃一惊,忙问继龙是不是病了,继龙有气无力地说,这只右手忽然不能动了,心里觉得闷得慌,连气也透不出来。继龙娘向店里人仔细一查问,才知道下午店里来过一个缺少一只指头的头陀,拍过继龙右肩三巴掌。继龙娘大惊失色,差点叫出声来,她急忙帮继龙脱下内衣,一看,"啊呀!"只见小继龙右肩一片紫黑,眼看已扩大到右前胸了。继龙娘立刻打开大柜,拿出一个蓝花瓷瓶子,从瓶里取出一包黑色药粉,倒在一个大铜勺里,放在木炭炉上炒了起来。不一会儿,屋子里奇香扑鼻,继龙娘又用鸡蛋清把药粉调成糊,敷在继龙右肩上,这才轻轻地嘘了一口气。她说:"假如我晚回来一步,继龙今夜就没命了,他中了黑砂掌。现在就要看明天了,如果能熬到鸡叫三遍不死,人才能有救。"

第二天一早,继龙娘和继龙的内室房门紧闭,只听传出继龙娘号啕大哭的声音,半天,继龙娘才哑着喉咙说:"继龙已经死掉了。"说完,就吩咐关店停止营业三天,在门口挂起白幡,还决定在第三天请和尚来做斋,为继龙发丧出殡。

"济生药店关门,小主人暴死。"这个消息一传十、十传百,很快在济南城里城外传开了。到了第三天,店堂的天井里挂起白幔,一具小小的黑漆棺材停放在正屋的中央。棺材前面放着祭桌,十几个和尚敲起钟鼓木鱼,嘴里"叽哩咕噜"念诵经文。

约莫在中午时分,那个缺少一只手指的头陀又来了。这次他没带铜钵,却带了一束纸钱,一进门就说要祭奠小施主,要超度他的灵魂早升天界。管账先生告诉女主人,女主人答应了头陀的要求。于是头陀"噔噔噔"穿过店堂、天井，来到小黑漆棺材前面，双手行了一个合十的佛家礼，再用那只缺指的右手拍了一下棺材盖子，嘴里不住地念叨："阿弥陀佛，小施主啊，你年纪轻轻就升天界了，你家的家业交给谁来执掌呢？如果你娘能够多出银子替神像装金，菩萨一定能让你早投人生的！"说完，又深深施了一礼，把纸钱扔进火盆，转身朝外就走。

头陀刚走到天井中央，突然从正屋白幔里面"嗖"一声走出一个身着黑衫黑裤、腰束白丝绦的人，这人就是济生药店的女主人，继龙的娘。她轻如飞燕，一个箭步蹿到头陀身后，朝他背上猛击一掌，大声说："飞虎贼，想不到你还是这样心狠手毒，连个孩子都不放过，先吃我这一掌。"头陀还来不及转身还手，立即口喷鲜血，像一根石桩"轰"一声栽倒在地上，挣扎片刻，两腿一伸，就气绝身亡了。这时，从里间又跳出一个小孩，大家一看，是小继龙，都惊呆了。

继龙娘叫人把棺材盖掀开，原来里面放的是一块长条大青石，已被头陀击碎裂成好几块了。

原来继龙娘是位武林高手。这个头陀名叫张飞虎，曾跟继龙娘的父亲学过朱砂神掌，后来因为他行凶杀人，干了坏事，被继龙娘的父亲断掉一个手指，把他赶出家门，他就去蓬莱寺当了和尚，跟蓬莱寺的方丈觉慧师父学黑砂掌了。没想到时隔多年，这个张飞虎仍然劣性不改，又到处行凶伤人，敲诈钱财，甚至对小孩也下毒手，真是太狠毒了。因此，继龙娘才设计假报继龙已死，存心引他上钩，终于除了大害。

（杨天祥　搜集整理）

新媳妇拳船救夫

　　传说古时候，妇女本来是不能上拳船的，后来因为出了一件
事情，才破了这个戒规。

　　那年月，苏州城外漕湖滩有个王老大，二十三四岁年纪，由
于在乡村拳教师那里学了几路花拳，自以为了不起。每逢节日
出拳船，妇女别说上船，即使在紧靠岸边的河滩上站一站，也要
被他骂得一佛出世、二佛升天。

　　这年正月里，王老大讨了老婆，是长江边上南拳宗师的女
儿。听说，老丈人跟他一样封建，本事只教儿子，不传女儿，因
此新媳妇看上去一副文静绢秀模样，王老大心里十分欢喜。

　　新媳妇进门两个月，恰逢三月初三庙会，农村里做草台戏。
新媳妇要去看，王老大听了，眼睛一瞪，说："这种热闹地方，女人怎么能够去？碰上坏人，那可不是儿戏！"新媳妇说："我不往人堆里钻，站在远处看总不要紧的。"王老大还是不肯答应，气得新媳妇躺倒在床上，连晚饭也不肯吃。王老大劝说无用，又生怕女人气出病来，脑子转了几转，说："你去吧，不过，处处小心为妙，快去快回。"新媳妇一口答应了。

新媳妇回房换了身作客衣服，来到庙场上，见前面有个地方黑压压地围着一圈人，知是戏台，忙三步并作两步往里挤去，突然，只觉得胸前被人摸了一下。新媳妇也没看清是谁，忙起手往那人腰里一点，那人就往人堆里一钻，不见了。发生了这种叫人难为情的事情，新媳妇再也无心看戏了，慌忙跑回家里。

王老大正坐在客堂里吸水烟，见自己女人回来，拉长了声音问："咦，你怎么回来了？"新媳妇面孔通红，支支吾吾想搪塞。王老大又吃惊地问："咦，你胸前衣服上怎么有五个手指印？"新媳妇见瞒不过了，只得把刚才在庙场上的经过说了，还气恨恨地骂："这个坏蛋，我看他休想活到端午节！"谁知一向封建的王老大这次见女人吃了亏，倒没有发什么火，只是阴阳怪气地说："算了吧，以后你总该听我的了吧，别再抛头露面就行了！"新媳妇因为被王老大捉到了把柄，也就一声不吭地回房去换衣服了。她哪里知道，这出戏竟是她丈夫做的。

原来，王老大见压不服自己的女人，便心生一计，等女人上了庙场，他把灶膛里的烟灰往自己脸上稍微抹抹，再把头上的帽子压压低，悄悄跟在女人后面，趁女人往人堆里挤时，在她胸前摸了一把，想让女人吃个哑巴亏，以后再不敢往外走。王老大见女人果真服帖，心里好不得意。

日子一天一天过去，本来结实得像牛一样的王老大渐渐萎靡不振起来，肉吃不进，饭咽不下，面孔一天比一天黄瘦，日也咳，夜也咳，有时候痰里带着一丝丝血。新媳妇急起来，询问他的病情。王老大突然想起三月三那天他女人说过的话，叹了口气说:"女人的牙齿最毒,你不是咒骂摸你胸前的人活不到端午节吗? 你想不到吧,这事其实是我做的。"新媳妇听丈夫这么一说,顿时大惊失色。要知道,她在娘家见父亲不肯教本事,就在练功房外偷偷地看,照样学会了家传的"竹叶梅花手"。那天新媳妇被人调戏,又羞又怒,点了那人的致命穴道,要是王老大当天说出来,尚能及时治疗,现在日子拖这么长,就难救了。她把前因后果一说,王老大急得落下两行眼泪。可新媳妇两颗秀眸转了几转,说:"办法有一个,过两天就是立夏了,村里不是要出拳船吗? 到时候,我立在船头上,船过环龙桥桥洞时,你如能从桥上跳下来,我把你一把接牢,就能治好你的病。"王老大虽然封建,由于活命要紧,只得答应,并去村里各家打了招呼。

转眼立夏节到了,听说女人上拳船,又是给丈夫治病,看拳船的人比往年更多了,站满了河的两岸。这时太阳已升上半空,只见新媳妇身穿粉红色的灯笼衫裤,站在拳船的船头上,先打了一路拳,好比蝴蝶在花丛中飞扑,把人看得眼花缭乱,船舱里和往常一样吹吹打打,热闹非凡。当拳船来到环龙桥时,王老大早已守候在那里,硬硬头皮,闭着眼睛往下跳。说时迟、那时快,新媳妇已运足功夫,举起两只手,顺势在王老大前胸后背一拍,霎时,一团污血从王老大嘴里喷出来。新媳妇见了,高兴地说了声:"好了!"就像抱一个小孩子似的,把王老大轻轻抱到舱里。光凭这点功夫,就引得看热闹的人掌声如雷。

王老大身上的病治好了,从此他再也不敢小看女人家了。也有人说,凭新媳妇的本领,本来不必用这个办法就能把丈夫的病治好,这是新媳妇有意要治治那些跟王老大一样的男人的。这一着也真有效,从此以后,不仅新媳妇每逢村里出拳船必定要上船表演一番,而且她还把拳术教给村里的妯娌姐妹,让她们也都能上船献武。这新习俗一直传到现在,解放后,有人还在漕湖滩看到男女同登拳船献技哩。　　　　　(崇 武 搜集整理)

孙娘子巧治二刘

　　这是一个繁华小镇，又逢集日，自然是人山人海，热闹非常，各路小贩为招揽顾客，扯起嗓子吆喝，把整条长街吵翻了天。

　　人群中悄没声地挤进两位穿绸挂缎的人，这两人三十上下年纪，生得相貌堂堂，打眼一瞅，便知道不是平常人家，因此看得着的就赶紧给让道，这一来，两人挺得意，更加摇摇摆摆地一路晃荡而来。

　　这两人，有认得着的却晓得他们的底细，原来是几十里外大刘庄刘员外家的两位少爷。刘员外家财万贯，对看家护院的总不那么放心，索性让两个儿子习武。他们两人走遍名山大川，访了不少武林高手，因此练得一手手上功夫，遇上对手不用使唤兵刃。武林同道称他们一个是"铁掌"，一个是"神爪"。有这么响的名声,那些小毛贼子怎敢上门找不自在?都躲得远远的。哥俩闲得无聊,便到集上玩耍。

这时候,恰见路旁一位西瓜摊贩高喊:"西瓜包熟包甜啦!"铁掌刘站住了:"好大的口气!不熟不甜咋办?""不熟不甜不要钱!""西瓜烂了咋办?""西瓜才摘的,怎会烂了?找出一个烂的来,砸我的摊子!"

"好,别反悔。"铁掌刘伸手捧起一个大西瓜,说也奇,西瓜让他捧起来,在手里碎成一包渣,顺指缝间"哗哗"淌水。铁掌刘一边问:"是不是有个烂的?——我再看看这个。"一边又捧起一个,仍是一团渣,只慌得西瓜摊贩"咕咚"跪倒在地,叩头如捣蒜:"爷爷饶命,小人瞎了眼,不知神人下凡,真该砸了摊子。可怜小人家有八旬老母,求爷爷……"铁掌刘一瞪眼:"往后敢不敢把话说绝了?"西瓜摊贩连连摇头:"不敢了!"

兄弟俩好不风光,继续前行。又来到一个卖绿豆的面前,听人家正吹绿豆成色呢。神爪刘便问:"你这绿豆分明都朽烂了,还敢在此瞎谝!"卖绿豆的不知厉害,眼珠子一瞪:"挑出一个朽烂的,我白送你!"神爪刘伸手抄起一把绿豆,轻轻一捻,好家伙,响当当的绿豆全变成面面末末啦!把个绿豆贩子惊得大张着嘴。

只听围观的人发出一阵哄笑。神爪刘更来了精神,又抄一把,这么一捻,又捻出一阵哄笑。

正捻着,听一位小媳妇一边喊着"作死",一边分开人群冲进来,从二刘身后拽过一个五六岁的小孩,并对二刘说:"两位老爷,真对不起,看我教训这小畜生!"两人回身一看,脸"腾"地紫了。

原来刚才大伙不是笑他们捻绿豆,而是笑那小娃娃:神爪刘捻一把绿豆,他便在身后轻撩一下两人的衣衫,簇新的绸缎衣衫竟让那娃娃一撩一个窟窿眼儿,简直跟湿透的纸一样。

　　小娃娃见母亲拽他,吓得直叫饶:"娘,娘,我不敢了!"母亲还是直数落他:"叫你淘气! 叫你再淘气!"只一巴掌,把孩子打飞出去十几步,像一幅画儿似地牢牢贴在墙上。

　　众人一齐叫好,这小娃子竟有如此好的功夫,那绸缎蚕丝织就,拿剪子铰都费事,他能无声响地抬手撩破,还有这倒爬墙的功夫,更不是一般人能做到的。可想而知,他那母亲绝非等闲之辈。

　　二刘一见自己没了彩头,顿觉大丢面子,正待发作,那媳妇却堆着笑脸去邻摊一个卖凉水的桶里双手捧来一捧清水,举到二刘面前:"孩子小,不懂事,我刚才打了他,二位爷的衣衫弄脏了,用这水洗洗吧。"二刘看时,只见这捧水满满盈盈,似流不流,十个指缝中却是一滴也不漏。晓得占不了什么便宜,就只好说了句:"闹着玩,没当啥。"讪讪地走了。

　　到家一打听,那媳妇原是教书孙先生的老婆。二刘大不服气:"一个穷教书的,走路还有点瘸,年纪又大,凭什么让他娶这样美貌又身怀绝技的娘子!"越想越咽不下这口气,说什么也得找机会捞回这面子来。

　　哥俩闭门谢客,苦练了一年半,估摸着这回差不多了,就在一个黄昏时分来到了孙先生的门前,推开篱笆门,闪了进去。

　　正是数九腊月,地冻天寒,孙先生家烟筒上丁点烟没冒,草屋里冰窖似的。人哪去了? 哥俩掩上房门想返回,只见一棵大梨树下,板凳上坐着孙家娘子,身穿单衣单裤,手拿蒲扇扇凉风呢。

　　铁掌刘蹑手蹑脚凑过去,双手猛地搂住孙娘子,嘴里说:"娘子好兴致,不觉得冷吗?"他想搂住人家讨个便宜,没料到只觉有一股风似地吸得他往前一扑,眨眼看时,人家连人带凳子早挪到树那边去了,而铁掌刘只搂住那棵梨树,用力过猛,十个指头都抠进了树身,打算撒手,却拔不出来。

"二位爷,奴家这儿练的是烙铁功呢。穷人家比不得富户,冬天想烧点炭烤烤,钱在哪里? 不得已才这么干。"孙娘子说着,拍拍呆在一边的神爪刘说:"您也练练?"

神爪刘只觉得这轻轻一拍,竟有千钧之力,他想抬手反击,双手却无法抬起,只好运起神力死死抗着。孙娘子拍了三下,神爪刘矮下去半截,原来他双腿陷进冻土内足有三尺深。

二刘窝在那儿不敢动,他们可不会什么烙铁功,冷汗出透了再让风一吹,滋味就别再提啦。

这时天已放黑,忽听头上闷闷的一声:"瞎闹腾什么!"抬头看,孙先生一瘸一点地从半空中走来。原来,他门前栽着一个刺棘子树林,密密蓬蓬,孙先生就是从树梢上走来的。只见他轻轻落在地上,细一看,连连作揖:"得罪,得罪,贱内脾气不好,二位莫往心里去。"又扭头对媳妇训斥道:"你这么不分轻重,二位员外细皮嫩肉的,给捏弄坏了,咱赔不起。"

孙先生用肘轻轻一磕,那梨树从铁掌刘抠指头处齐刷刷地断了,断了也并不倾斜着倒去,而是依然如树般上下直立,飘出去几丈远,立在屋后。

"中了! 二位员外,记住,往后别习武,这营生得遭罪,你们富贵人家吃不了这份苦呢,也就逢上我们这些不会的,倘撞上高手,岂不是废了?"

停了停,孙先生又说:"我们家有个规矩,叫有来无回。可怜你们初学,家里又有的是福要享,无法难为你们,可走吧,又坏了规矩。这样吧,我送你们空中走,就算有来无回。"说着,一手抓起一个,纵身跃上刺棘子树梢,仍是那么一瘸一点,信步走去,树梢上却一点声响都没有。

送出大老远,放下二刘,孙先生说:"你们以后甭提起我来,我明儿要走。当年,我让仇人追踪多年,把腿打折,以为我死了,其实没呢。老婆孩子不懂事,人前显能,把马脚露出来了,以后我还能安宁么？好，二位保重吧。"

第二天，孙先生家果然没了人影。上哪去了，谁知道！

铁掌刘和神爪刘受了这场惊吓，大病一场。痊愈后，哥俩合计，有了钱干什么，开爿武馆吧，遍请天下武林高手，在此切磋技艺。可无论如何，他哥俩光看，就是不动手。

他们让孙先生一家吓怕了。

（顾文显　搜集整理）

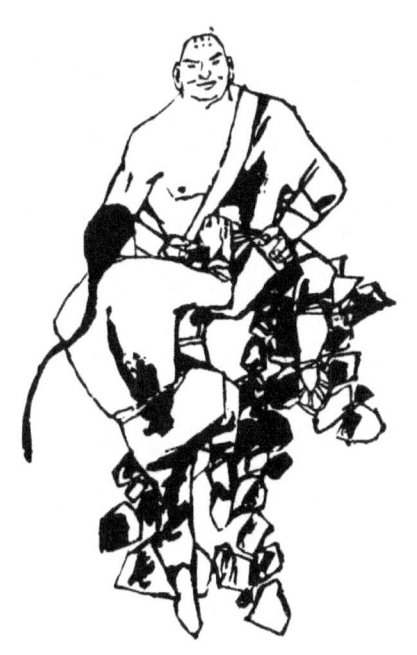

甘老太以柔克刚

清朝乾隆年间,相传武侠甘凤池来到四川。当然,少不了去天下名山峨眉一游。

峨眉山初夏,山清水秀,景色宜人,甘凤池随着朝山拜佛的香客,缓步到了报国寺。他起眼一看,见山门外的草坪上围起了密密匝匝的香客、游人,于是也挤进去凑个热闹,一看,却原来是一个胖和尚在舞拳弄棍,每当舞到妙处,围观的人们便齐声喊好。

不一会儿,只见胖和尚收住拳脚,双手一合,向四围看客说道:"俗话说,打空拳费力,说白话劳神。众施主中如有会武者,请下场与贫僧对练!"他连请三次,围观的人们都面面相觑。胖和尚见没人敢出来与自己较量,不由面露得意之色。

甘凤池年壮气盛,见胖和尚如此骄横,便眉毛一扬,分开众人，大步走入圈内，双手作揖道："和尚，你看我来陪你对练如何呢？"胖和尚瞪眼打量着面前这个年轻人，说："施主莫非要与贫僧比武吗？"甘凤池点了点头。胖和尚扫了一眼周围的看客，哈哈笑道："贫僧来到峨眉山已有月余，还不曾有敢下场与贫僧交手的人。既然施主要与贫僧比试，理当奉陪。但请留下姓名，再行交手！"闯荡江湖的甘凤池，凭一身真才实学，今天根本就没把一个游方野僧放在眼中，他嘴角微微一翘，冷笑着说："俺某行不改名，坐不改姓，甘凤池是也！"

胖和尚一听，抚掌大笑说："近年来，贫僧四方打听府上住址，欲与你母亲试个高低，却没想在这峨眉山上遇上了你这个娃娃！"原来甘凤池的母亲是位女中豪杰，在武林中颇有名气。甘凤池心想：和尚既然敢寻我母亲比武较量，绝非等闲之辈，我何不先试探一下他的内功如何，再与他交手不迟。

于是，甘凤池问道："和尚，我俩今天比武，请问，是文打，还是武打？"原来武林中比武，有文打、武打之别。武打，是双方你来我往的交手；文打，又称之为"安桩打"，由比武双方议定，先由安桩者骑马式站定，运起内功，让另一打桩者在自己小腹上连击三拳，承得起者，赢；承不起者，输。

胖和尚不屑地答道："随便吧！"甘凤池便说："那就请大和尚安桩！"胖和尚站稳桩子，运动气功，用手在凸出的大肚子上拍了几下，然后两手叉腰喊道："来，朝这儿打！"甘凤池手上练有千斤神力，莫说是人，就是砖壁，他一拳打去也能通一个窟窿。甘凤池想显点本领吓唬一下对方，于是他运动气功，张开手掌，向身旁一棵油茶树劈去，只听"呼"地一声，碗口大的油茶树被削为两段。人们纷纷拍手叫好，只有胖和尚无动于衷，连眉毛也不扬一下。

甘凤池见胖和尚瞧不起自己，心里暗暗憋了一股子劲，拉开架式，运起气功，将两百多斤的神力灌于右手拳头，不偏不倚地向胖和尚凸出的肚皮打去。他想:我这一拳,至少也要将和尚打倒。却谁知,胖和尚纹丝未动。甘凤池立即收回拳头,又用六百斤的神力向胖和尚打去,胖和尚只是稍稍向后退了半步。甘凤池急得耳烧面热,他咬紧牙关,动用浑身力气,猛地又是一拳,胖和尚打了一个趔趄,提神又站稳了桩子。

按文打的规矩,三拳以后,就该甘凤池安桩,胖和尚来打了。胖和尚收了桩子,指着路边一棵合抱大树,问甘凤池:"是你硬,还是它硬?"话音刚落,一伸拳头,这棵大树就被胖和尚拦腰斩断了。

人们一个个吓得缩颈吐舌。甘凤池自觉脸面丢尽,慌忙跳出人圈,抬腿就跑。只听那胖和尚在他身后喊道:"慢慢地走,我不来追你,回去别忘了告诉你老娘一声,就说我要去找她比武。"

甘凤池败给了胖和尚,再也无心游玩,日夜兼程赶回家里,把峨眉山上与胖和尚比武之事告诉了母亲。甘母一听此情,立刻记起自己与这胖和尚结怨的前因。

那是十年前的春天,三月的西湖,不仅吸引着王孙仕女、文人墨客,就连四方英雄侠客,每逢阳春三月也要来西湖聚会,或寻师访友,或切磋武艺。有一个号称"铁头罗汉"的武僧,想借此机会征服武林之人,扬名天下,竟在灵隐寺前摆起擂台,声称自己"打尽天下无敌手"。这一来,四方豪杰、八路英雄被激怒了,纷纷来灵隐寺前打擂。这铁头罗汉的功夫确不错,他用提气灌顶的内功,三天内就连续打败了四十多位英雄好汉。当时,甘凤池的母亲也在台下观看,她一边看台上比武,一边细细琢磨,三天来,终于找出了铁头罗汉的破绽。于是在第四天上午,她便一个"旱地拔葱"跃上擂台,以柔克刚,仅几个回合,就将铁头罗汉打下了擂台。这铁头罗汉,就是胖和尚。十年来,他对这件事一直耿耿于怀。

现在甘母听儿子说胖和尚要来寻自己比武,不由一阵苦笑:

"如今自己已是满五十的人了,不知这回能不能打赢对手?"但她心里还是踏实的,因为她练功从未间断过。

娘儿俩正在商量对策,忽听大门外面有人喊:"甘老太在家吗?"甘凤池一惊:"母亲,他找上门来了!"甘母让儿子沉住气去开门,自己动手抬了一张练气功专用的铁椅,稳稳地放在大门中间,她双手扶住椅把,运动气功坐于铁椅之上。

原来,胖和尚是尾随甘凤池追踪而来的。他正在喊门间,忽见大门倏地洞开,门内坐着一位头发花白的老妈儿,盯眼细看,方才认出她就是十年前的仇人。胖和尚心中暗自高兴:十年来,这个女人已经见老了,而我自己,十年的功夫练得更硬了。我何不趁她不备之时,一头将这老妈儿撞死,以解十年心头之恨?想罢,他将浑身力量都运至头顶,放轻脚步走到离甘母只有几步路的地方,"嚯"地向甘母小腹处撞去。

其实,甘母早有准备。当胖和尚撞来之时,甘母猛地将小腹一收,胖和尚就像被磁石吸住一般,动弹不得。甘母大吼一声:"去吧!""嘣"一声响,胖和尚被摔出两丈多远,倒在地上爬不起来。

半天,胖和尚才睁开眼睛。心想:完了,这下我可要完了!谁知却出乎他的意料之外,甘母不但不加害于他,反而叫甘凤池将他扶进屋去,又从葫芦内倒出几粒药丸,让他吞服下去。

胖和尚服过药丸,顿觉缓过气来。他面带愧色地对甘母说:"我服了你,论武术,讲武德,我比你差远了!"甘母摆摆手说:"大和尚,过去的事,我们就别提它了。我们都是武林中人,又何苦结怨呢?要知道,强中更有强中手!彼此取长补短,不断提高武艺,御敌防身,伸张正义,这才是我们要做的啊!"甘母这一番话,说得胖和尚心悦诚服。

从此,"强中更有强中手"这句警语,就在武林中传开了。

(陈明钊　搜集整理)

威 震 外 夷

山洪中没有浮萍，
风雨中只有山鹰。

侠义举舍身护佛

　　故事发生在清朝末年。这天晚上,万佛峡月色朦胧,寒星闪烁,榆林寺住持悟真法师正静坐禅房,面对释迦佛像诵佛念经,突然"哗啦"一声,闯进几个蒙面人来,还没等法师弄清是怎么回事,两把寒光闪闪的钢刀,已架在了他的脖子上。

　　悟真法师看了看左右的两把钢刀,面无惧色,双目微闭,手捻佛珠,口中念道:"阿弥陀佛,放下屠刀,立地成佛……"

　　悟真法师神色镇定,反倒使这伙蒙面人更加怒不可遏,他们喊道:"老和尚,你可知道站在你面前的是什么人吗?"

　　悟真法师这才微微睁眼看了看,对着其中一个身披黑斗篷,长发过肩,腰挂一把昆仑宝剑的人,朗声笑道:"哈哈……你乃罪不容诛的戈壁大盗黑风,今夜你是为盗象牙佛而来的吧!"

此人正是威震河西的戈壁大盗黑风,他听了老法师的话,不禁暗暗一惊:这老和尚果真不凡。于是他示意手下人收回钢刀,说:"既然你知道我黑风的来意,那就趁早交出象牙佛,免得我昆仑宝剑血溅榆林寺。"

"要得象牙佛不难,你等先听我讲个佛经故事。"悟真法师说道,"昔日摩伽陀国有五百强盗,经常拦路抢劫行人,后为佛所劝,五百强盗从此放下屠刀,皈依佛门,成为罗汉。黑风,你等横行河西,罪孽深重,若能放下屠刀,皈依佛门,日后必成正果……"

黑风听罢,仰天大笑:"哈哈……这个世道,上至朝廷,下至大小官员,都他娘的比我更像强盗,佛为何不问不管呢? 今夜你若不交出象牙佛,我黑风定要烧毁榆林寺,挖出你的心肝下酒。"

"象牙佛乃是佛门之宝,岂能交于你这强盗之手。"悟真法师说着双手扯开大红袈裟,袒露胸膛,"昔日我佛舍身喂虎,今日我就成全了你这强盗。"

黑风知道这象牙佛历来都是由寺院的住持珍藏,如果真的杀了老和尚,怎能得到稀世之宝呢? 他眼珠一转,向手下人吩咐道:"来呀,将老和尚拉出去吊在大佛殿,我要挖他的心肝下酒。"

不大一会儿,悟真法师被绑在大佛殿前的一棵老榆树上。黑风手执一根红柳条,狠狠抽打老和尚,逼他交出象牙佛。可怜老和尚被打得皮开肉绽,几次昏迷过去,但是宁死不愿交出象牙佛。

这时,寺院里的十几个和尚,全被蒙面盗贼关进一间房子里,周围堆满了干柴。几个盗贼手举火把,喊叫要烧寺院,吓得和尚们呼天叫地,苦苦哀求:"法师救命呀! 法师救命……"

听见弟子们的呼救声,悟真法师心如刀割,悲痛欲绝:"佛啊,救苦救难的佛! 快快派来护法天神吧! 阿弥陀佛……"

黑风早已耐不住性子,"刷"地抽出昆仑宝剑,将锋利的剑尖对准悟真法师的胸膛,威逼道:"若不交出象牙佛,休怪我黑风剑下无情!"

悟真法师闭起双眼,两行泪珠滚下面颊:"孽种,佛决不会饶恕你这强盗!"

黑风握剑的手在颤抖。正当他犹豫不决的时刻,忽然夜空中有人大叫一声:"看镖!"随着黑暗中白光一闪,一支金镖"嗖"地飞来,正中黑风的右臂,他"哎呀"一声,手中宝剑"当啷"摔落在地。紧接着一条黑影从大佛殿的飞檐上像只飞燕轻轻落地,赤手空拳,直奔黑风中路而来。

黑风见此人来势凶猛,就地一个翻滚,避开来人的拳招,左手急操长剑,封住来人的进路,接着连连进招。不料来人使的是一种极怪的拳术,柔中见刚,招招着实,使黑风一时摸不着套路,方寸渐乱,而且黑风也感到受伤的右臂有点发麻,知道中了毒镖,只得变攻为守。

来人却越战越勇,突然腾空跃起,势如大鹏展翅,"呀"一声长啸,如同雄鹰扑兔,双脚将黑风踢翻在地,一脚踏在胸膛上,两个手指紧紧锁住他的咽喉,掐得黑风直翻白眼。眼看来人就要结果黑风性命,被绑在老榆树上的悟真法师顿时慈悲大发,急忙喊道:"大侠住手,佛门不容杀生!留这孽种性命,放他一条生路,让他自我醒悟去吧!"

来人这才松手,站起身踢了黑风一脚:"若不是法师说情,我早已结果你性命。"说罢从树上解下了悟真法师:"师父受惊了!"

黑风"扑通"跪倒在地:"谢法师救命之恩,日后有缘,愿效犬马之劳。"说完站起身,朝侠客抱拳一拱,说了句:"后会有期!"便跳上黑鬃马,带领几个弟兄逃下山去。

这时,被救的和尚一齐跪在侠客面前,叩谢救命之恩。那侠客躬身说道:"众师兄快快请起!我乃白云寺东海和尚,奉师父之命,前来拜见悟真法师。"边说边从怀里掏出一封书信,双手递于悟真法师。

书中大概意思是：白云寺住持悟善法师闻听近年来敦煌一带常有盗贼出没，为确保佛门之宝象牙佛不落入贼手，特派弟子东海和尚前来榆林寺。并说东海和尚原是少林高徒，武艺高超，只要留他在榆林寺中，象牙佛可万无一失。

悟真法师看罢书信，心中暗想：师弟悟善信中之言不无道理，何况今夜若不是东海和尚来得及时，榆林寺必将化为灰烬。想到这里，他目光打量东海和尚，只见他年纪不过二十五六岁，面容慈善，眉清目秀，真乃十足的佛门弟子。悟真法师点头称赞，捻髯一笑："请到禅房一叙。"

日月流水，光阴似箭，转眼东海和尚来到榆林寺已经两年。悟真法师自从被黑风吊打以后，两年来一直卧病在床，只得把寺院里的大小事务交给东海和尚主持。

这天晚上，悟真法师迷迷糊糊做了个梦：梦见自己在茫茫沙漠中跋涉，突然狂风大作，飞沙走石，迷得他什么也看不见。大风过后，忽见东方飞来一只大鹏，落在他的身旁，他爬上大鹏，大鹏腾空飞起，带着他朝西天坠落的残阳飞去。

悟真法师从梦中惊醒，只见东海和尚跪在床前，双手端着一钵汤药。老法师想起刚才的梦，知道自己将不久于人世，扬了扬手说："快去鸣钟，我有要事向众位宣布。"

不一会，寂静的深山万佛峡谷鸣起"当当当"的钟声，全寺和尚很快来到大佛殿。悟真法师说道："刚才菩萨托梦于我，不日我要圆寂归天。在我临终前，将榆林寺后事托嘱于众：从现在起，东海和尚升为法师，担当榆林寺住持。"说罢取过一件大红袈裟，亲手给东海和尚披在身上。

众和尚一齐盘坐在大佛殿前，吹打法器，为寺院新任住持祝贺了一番。行过仪式之后，悟真法师只带东海和尚一人，由他背着走出大佛殿，穿过一片榆林，进入深山峡谷，来到悬崖峭壁上的一个石窟前。

东海和尚放下悟真法师,抬头环视四周:只见雪山皑皑,冰峰似剑;脚下云雾升腾,万丈深涧下榆林河奔流不息,发出阵阵轰鸣。东海和尚见此情景,不由暗暗吃惊:好一个险要之地! 他们进入洞窟,只见洞壁上绘着四幅壁画,是记载释迦牟尼的弟子在两个非洲黑人的护送下,历尽艰险,向唐王朝进贡印度佛宝象牙佛,路经榆林寺遇到兵乱的故事。看到壁画,东海和尚已心中明白了几分:象牙佛定藏在此洞!

悟真法师盘腿坐在石台上,从石台下摸出一个包裹,接着双手打开黄绫和几条哈达,果然露出一尊象牙佛。只见这尊象牙佛是由两块象牙雕刻而成,内刻佛经变图数百个。合在一起外型是一骑象的普贤,手托宝塔,造型奇绝,栩栩如生,真乃稀世之宝。

"啊,象牙佛!"东海和尚惊叫一声,猛扑过去。刚要从悟真法师手中拿过象牙佛,恰在这时,洞外传来如雷贯耳的喝声:"伊藤一郎——"

东海和尚陡然一怔,回头望去,只见洞口出现一位彪形大汉,他一头蓬乱的头发,两眼射出灼人的目光。东海和尚一声惊呼:"黑风?"

黑风怒目言道:"伊藤一郎,果然是你,今日有我黑风在此,你休想盗走象牙佛!"

这到底是怎么一回事呀? 原来,两年前,黑风带领几个弟兄逃出万佛峡,他勒住马说:"众位兄弟,几年来你们跟我黑风在河西一带劫富济贫,为民除霸,但也抢劫商客驼队,伤害无辜百姓,造了不少的孽,违背了我当初'替天行道'的誓言。今夜老和尚大发慈悲,使我等免做刀下之鬼,此恩此德,我等必当图报。从现在起,你们各奔前程,但谁也不准打我黑风的旗号再去伤害无辜。"说完,黑风把一袋银子分发给众弟兄。等众弟兄各自散去以后,黑风策马沿河走去,走着走着,他的右臂伤口毒性发作,半个身子失去知觉,两眼一黑,栽下马鞍。恰巧就在他生命垂危时刻,白云寺有个和尚救了他。后来他得知白云寺不久前毁于一个日本浪人之手,此人叫伊藤一郎,是个有极高柔道功夫的武士,他是特意为了象牙佛前来中国的。所以黑风伤愈后,一直在榆林寺附近活动,暗中保护象牙佛。这次他跟踪悟真法师和东海和尚一路来到洞中,见东海和尚面带凶光,急中生智,大叫一声,才吃准了此人就是伊藤一郎。

东海和尚见原形已露,狂笑一声:"哈哈……不错,我正是东洋伊藤一郎!"说罢,他疾步去抢夺悟真法师手中的象牙佛。

黑风一个箭步,蹿到伊藤一郎跟前,只见昆仑宝剑寒光一闪,当胸刺来,伊藤一郎躲避不及,便挥掌抵挡,不料黑风突然剑路一转,直朝他的手臂削来。只听"啊呀"一声,伊藤一郎的一条胳膊被斩个正着。

伊藤一郎抱着血淋淋的断臂逃向洞口,回头右手一扬,一支毒镖"嗖"地向黑风飞来。黑风迅速把头一偏,那毒镖擦着他的耳梢过去,却打中了悟真法师的咽喉。可怜老和尚"啊"地吐出一口鲜血,倒在石台上一命归天。

黑风持剑追到洞外,只见伊藤一郎正在悬崖绝壁上奔跑,他两眼闪着怒火,大叫一声:"哪里逃!"一挥手,把昆仑宝剑朝伊藤一郎掷去,那剑好像一条长着眼睛的银蛇,"扑哧"穿过伊藤一郎的后背,只听他"啊——"一声惨叫,连人带剑坠入万丈深渊,掉进波涛滚滚的榆林河。

黑风返身回到石窟,跪在早已升天的悟真法师面前,连叩几个头,从法师手里捧起象牙佛,仍用黄绫哈达包裹起来,珍藏在一个只有他才知道的绝密之处。从此,他剃发入寺为僧,以保护象牙佛为己任,自起法名悟醒,后来成为榆林寺的住持法师,活了九十九岁。

(陈 礼 搜集整理)

甩绝招沸腾京都

　　河北《沧县志》上记载:康熙十七年,沧州孟村镇人氏丁发祥擂台之上击败俄罗斯大力士,康熙皇帝御笔亲赐"神州壮士"赠送给他,字迹遒力苍劲,气度非凡。

　　丁发祥又名丁盛禹,沧州孟村镇回族人,明末清初,民间盗贼蜂起,沧州一带的兵痞土匪更是多如牛毛,丁发祥为保身家性命财产,开始练习武艺。

　　他家住在村东头,村东不远有个破砖瓦窑,这个砖瓦窑就成了他练功的场子。他让人把窑门堵上,吃住全在里头,练习八极拳和铁砂掌。这铁砂掌是怎么练的呢? 开始时,用白布缝一个厚袋子,像纳袜底儿似的纳好,里面装着麦子,放在碌碡上,用手反、正、横、竖在上面反复摔打,三天为一小满,三十天为一大满。

以后麦子换绿豆,绿豆换铁砂,到后来直至撤掉垫物,直接在光石板上摔。如此反复摔练,至少要三年工夫,没有吃大苦的精神和顽强的毅力,是练不成铁砂掌的。丁发祥在土窑里苦练了三年,功夫学成,便打算离家去以武会友。

他听说北京城内有个达嘛肃王蛮力十分了得,人称"神力王爷",他决意去会会。这天,他来到了肃王府。

达嘛肃王是康熙皇帝的一员得力战将,武艺高强,他听说有个庄稼人千里迢迢找上门来会自己,不由有点诧异,便传令带丁发祥进见。

丁发祥被带进府来,照府中规矩跪在一块涂蜡的石板上。达嘛肃王端坐在皮椅里,瞪着一双老鹰似的眼睛,上下打量着这个满脑袋高粱花子的乡下人,好一会儿他才"唔"了声,开口说道:"听说你是特来会会本王爷的?"丁发祥一字一顿地说:"我闯荡江湖,以武会友,今闻肃王爷武艺超群,我是专门来讨教一二的。"达嘛肃王听了这话,沉吟片刻道:"这样吧,我攥住你的手,你若能抽出,就算你赢了;若是抽不出嘛,那就休怪本王爷不仁不义了……"丁发祥抬起头,见王爷身如铁塔,胖墩墩壮如犍牛,那双蒲扇般的大手,根根指头枣木橛子似的,要让他攥上,还不骨碎肉裂?要想抽出,更如虎嘴里掏肉!但是他丝毫也不怯懦,是铁是钢,火上试!便伸出双手,说:"王爷攥好,我要领教了!"王爷一声冷笑,伸出大手如虎衔食,死死地钳上了丁发祥的手。丁发祥立时感到一阵疼痛,他不由得一怔。因为他已练成了铁砂掌,碎砖断石都不感到啥,可见王爷的手劲有多大。王爷仍端坐在太师椅上,抖抖胳膊说:"请便!"丁发祥说声"好",鼓气运劲,用了八分气力,只听"咔嚓"一声,王爷的椅子被强力拉断,王爷同时也被拽了起来,丁发祥的手并没抽出。丁发祥暗叹一声,心中已明白了王爷的内功基底。面对强手,八分力气是不行了,只见他涨红了脸膛,双眉倒拧,再一次发功运气,只听"嗨"一声大吼,气催声力,声助气威,只听"吱啦"一声,双手抽出,但见满手鲜血,原来被肃王撸去一层茧皮。再看地上,膝下的石板均已被硬骨克断。王爷看罢,鼻子里挤出个"唔"字,抬手扔掉满把的茧皮,说道:"功夫不算到家,回去再练!"

丁发祥虽赢了达嘛肃王,但他感到又羞又愧。的确,自己的功夫还不到家,他踅回头一跺脚,重又回到了家乡的土窑。

这一次,他不仅练铁砂掌,还练鹰爪力。三年后,丁发祥的手力能捏瘪铜钱,一掌插进墙里能用手指夹出墙壁里的青砖,而且他的轻功也练得相当好,甚至能抱着碌碡纵身跃上两丈多高的窑顶。

这一天,丁发祥打点行装,他要再会达嘛肃王。

两人一见面,丁发祥大礼参拜。王爷道:"来啦?这回我再看看你的功夫!"丁发祥仍跪在地上,伸出了双手。达嘛肃王攥住这双手就觉得硬邦邦、直挺挺,就像攥着块生铁一样。王爷暗自吃了一惊,他运了口气,死死地钳住了丁发祥的手。丁发祥胳膊一抖,只听"嗞——"的一声,双手轻轻抽出,却把王爷拽了个趔趄。这一回,丁发祥的手再没任何伤损。王爷站起身来,"唔"了声,道:"功夫不错,后花园去!"

达嘛肃王把丁发祥领到繁花似锦的后花园,在一口枯井旁停了下来。只见井旁放着两尊百斤重的石锁,显然这是王爷练功的地方。王爷指着枯井道:"早上我的一支金镖不慎落井,劳你下去一趟。"丁发祥不知是计,探头往井里一看,见不太深,二话没说,纵身跳入井中。左摸右摸,哪里有什么金镖?猛然间他感到头上一阵发黑,急忙抬头,啊呀,原来王爷砸下了石锁!井口腰围小,躲没处躲,藏没处藏,他急忙伸出双手来擎。石锁落井力有千斤,若是常人,不砸成肉饼子才怪呢!

达嘛肃王投石下井本是想试探丁发祥的真功夫,如果丁发祥被砸死,说明他功夫还不到家,怨他命短;如果他侥幸不死,便想收他在自己的门下。这会达嘛肃王听井下没有什么动静,他侧耳又仔细听了听,马上又提起另一尊石锁扔下去,两石相碰,发出震耳欲聋的爆裂声。王爷以为丁发祥就是有三头六臂,也架不住这一对石锁,便故意探出脑袋对井下说:"怎么样? 这玩意儿够分量吧?"话刚落地,井下"嗡嗡"地传来使他大吃一惊的声音:"这玩意儿太轻,还有更沉的吗? 要是没有,我可要上来了!"说完,丁发祥拧身提气,使出抱碌碡上窑的功夫,"嗖"一声,手托石锁,跃上井台,冲着达嘛肃王哈哈大笑。身经百战的达嘛肃王虽然见过多方奇人,但哪里见过这等身怀绝功的神人? 不由倒退了好几步,惊得舌头全直了,竖起大拇指连连说道:"真是神功,神功啊!"当下将丁发祥收留在自己的麾下。这话暂且不表。

话说俄罗斯帝国早就对中国这块肥肉馋红了眼,但慑于大清国威,不敢轻举妄动。康熙十七年,他们派了两名大力士来北京,名义上是来切磋技艺,实际上是想通过此行摸摸大清的底细。如果大清千万臣民都战不过他们的大力士,说明民弱国衰,定然不堪一击,将来出兵,大清江山唾手可得。

擂台摆出后,两个大力士不到几天工夫一连打伤了几十个前来较艺的武林高手。消息飞报宫中,康熙皇帝十分震惊:堂堂中华、赫赫大清,岂能败在洋人之手? 当即升朝,召集文武百官举荐能人。达嘛肃王出班请奏,举荐了丁发祥。

丁发祥自从被收留在肃王麾下之后,由于深居王府,苦心钻研习武真谛,对俄罗斯大力士来北京设擂台一事还不知道,听到王爷的传谕后非常气愤,当即乘车去了前门擂台。

擂台下人山人海,擂台用几根粗大的竹竿和圆木搭成,根根石砣垫底,高出地面半人高,一名大力士赤胸裸背,腰系宽皮功力带,腕裹犀牛护手,拉开架式,正跟一个中国武士较量。两个人你来我往,擂台被跺得"咚咚"直响。中国武士围着大力士扑、挠、勾、搂，忽而驱拳猛进，直取正门，明眼人一看便知是猴拳。尽管这位武士拳艺精湛，怎奈大力士壮如铁塔，拳脚着身就像搔痒一般。两人战了十几个回合，中国武士一招不慎，被大力士抓上了膀子。说时迟、那时快，这家伙一手"搬树取枣"，一手"海底捞月"，"呼"一声抓起中国武士就朝台下扔去。

众人一片惊呼。丁发祥看得真切，脚使登云术，飞身蹿过，上手"霸王举鼎"，正好接住被扔下台的同胞，说声"少歇"，转身"鹞鹰翻飞"跃上擂台边角。大力士一惊，以为丁发祥会即刻进招，急忙招架，不料丁发祥回手抓上了擂台的大竹竿，只听"咔嚓"一声，碗口粗的竹竿立时被捏成碎瓣，大力士"啊呀"一声，暗叹此人的厉害。丁发祥道："阁下来中国好几天了，听说也胜了几场子，今个我倒要领教领教！"

大力士仔细打量了一番胖墩墩的丁发祥，道："请通报姓名。"丁发祥报了姓名。大力士也通了名，原来他叫雅鲁格鲁斯基。雅鲁格鲁斯基晃了晃蒜罐子般的拳头道："进招吧。"丁发祥道："这里我是东道主，你是客人，岂能我先出手？这样吧，较武较艺，较艺较力，你先打我三拳，我再打你三拳，然后比试，如何？"要是往常，大力士会马上痛痛快快地答应，可是这一回他却连连摇头。明摆着的事，刚才丁发祥单手捏碎竹竿已使他胆战心寒，没有把握的事他是不干的。雅鲁格鲁斯基道："还是这样开始！"说完拉开架式跃跃欲试。丁发祥冷笑一声，只好挥拳招架。刚打照面，大力士便使用了西洋拳击的连珠炮进攻，拳头雨点般地砸向丁发祥。丁发祥搓身躲避，只是招架，几个回合后，丁发祥摸熟了对手的拳路，便由守为攻。因他练的是八极拳，八极拳的特点之一就是攻击性强，讲究"迎门三不过"，意思是只要对方出手，不过三招就能把对方打倒。只见他抖胯合腰，含胸拔顶，手脚双随，三盘连进，暴肘加暴掌，戳、挤、靠、崩、提、胯、缠、顶，使开八极神威，无坚不摧。雅鲁格鲁斯基在这种凌厉的攻势下节节后退,但他毕竟是一位受过严格训练的拳师,临阵不慌,只见他逐步调匀气息,躲过了丁发祥致命的一记侧踹,大吼一声,飞身跃到丁发祥的背后,急出左拳,直取丁发祥的后颅。这一拳异常凶残,要是打中,当即就得脑浆迸裂。丁发祥听到脑后风响,回身已来不及了,只得向右一闪,伸出左手去刁拿对方的手腕,随即上右步插入大力士的左腿后面,屈肘下压他的右上臂,左手外旋拧转,想锁住大力士的肩。不料这家伙比泥鳅还滑,一下挣脱。丁发祥急中生变,因势利导,急用右臂向后横击大力士的咽喉。这招叫"转身震脚大缠",暴肘力有千斤,大力士纵有通天术也逃不过这致命一击,大力士当即后仰在地,砸得擂台直颤悠,被摔昏在地。这一场恶斗被另一名大力士看得真切,早吓破了胆,哪还敢上台应试……

前门比武,沸腾了整个京都,大长了中华民族的志气。康熙皇帝闻报后,龙颜大喜,当即挥笔写下"神州壮士"四个大字,命翰林院制匾。一些王公大臣们也纷纷赠匾赠书画,以示奖励。丁发祥的名字一时间传遍全国,并载入《大清国事录》。

令人遗憾的是,这些珍贵的金匾和赠书画,丁家子孙保存了几百年,却毁在了"文化大革命"中,真是千古憾事!

(周宝忠　搜集整理)

飞檐壁誓夺国宝

　　清朝末年,慈禧专权,朝政腐败,列强纷纷入侵。这年,朝中国宝九龙杯突然被盗,满朝惊慌。这九龙杯,乃稀世珍宝,雕镌精细,造型优美,斟满酒,杯中立刻显出九条银龙,酒晃龙游,宛若碧海龙宫。慈禧视为掌上明珠,命专人看管。这下国宝失窃,可如何是好?

　　这天,天津海河古楼饭庄来了两个日本人,要了满桌山珍佳肴,用一个小巧玲珑、熠熠生辉的酒杯喝酒。两人边喝边欣赏,不时哈哈狂笑。

　　这两个人便是偷盗九龙杯的日本"剑客",一个绰号叫"草上飞",一个人称"溜檐猫"。他们欺负中国没有能人,盗宝后,并不急急回国,竟公开在古楼包了一间客房,扬言逗留七天,有来讨宝者，比武看艺。若能胜他俩，奉还宝杯，否则便携杯回国。

　　这件羞辱中国人的事不胫而走，首先激恼了天津大侠"穿地十八甲"，他怒冲冲地前去讨宝，结果艺不作脸，羞愧而回。十八甲跺足叹息道："山中无老虎，野猪才敢来，要是沧州飞云龙还活着，谅你们也不敢来中国逞狂！"

　　七天转眼就到了，两个日本剑客接连战败了许多前来讨宝的人，心中好不得意。归国前，又备酒宴相庆。酒席间，两人欣赏着九龙杯，连连嘲笑着："堂堂中华，亿万之邦，果真东亚病夫，豆腐一块！"

　　两人正哈哈大笑，又要举杯畅饮时，突然见面前站着一个干瘪老头。两人大惊，仔细一看，只见来人一身庄稼汉打扮，土里土气。两人看罢，嘴角一咧，鼻子里挤出个"哼"字来。这老头并不在意，微微一笑，拱手说道："听说二位明日就要起驾回国了，九龙杯想必欣赏够了吧？我来讨宝了！"两人听说讨宝，不觉一愣，接着"嘿嘿"一笑，说："好说好说，先请喝酒。"说着，溜檐猫拿起一个酒杯，向老头递来，半路上突然胳膊拐弯，连酒带杯向桌后扔去。他这一手既是试探来者本事，也是羞辱对方。说时迟，那时快，就在酒杯向后扔的一瞬间，只见老头"嗖"一声从桌子底下穿过去，身子后仰，酒杯不偏不斜正好落在嘴里。老头一口喝干，咂咂嘴，连声说："好酒，好酒，再来一杯！"说着，"啪"一声把酒杯放在桌子上。老头这招是"狸猫钻裆"、"飞龙衔珠"，他做得干净利索，只是眨眼的工夫，把两人给惊呆了。两人毕竟见过世面，溜檐猫手疾眼快，操起一把匕首，从盘中插了块肉，说声："请吃菜！""嗖"一声朝着老头的咽喉刺来。那老头不慌不忙，嘴一张，"咔嘣"将利刃咬住，犹如飞枪击树。溜檐猫拽了两拽，竟没抽回刀来。两人大惊，知道遇上了能人，刚才那八丈高的气焰，一下子缩了六七丈。

　　两番试探，招招惊绝，两人再不敢小瞧这个土里土气的乡下人了,他们乖乖地斟了一杯酒,递到来者面前。老头并不客气,往椅子上一坐,举杯就喝,俨然像个贵宾。两人翻翻眼珠,试探着问:"人生一世,相逢一场,敢问朋友高姓大名?"老头冷冷地笑了笑,说:"我么,一个庄稼百姓,没什么好称道的,沧州飞云龙便是。"

"什么?"两人一听,惊得酒杯险些落地,结结巴巴地说,"你……你是飞云龙? 你……你不是……"

飞云龙轻蔑地笑了笑,冷冷地说道:"你们都以为我死了,是不是? 告诉你们,地里有兔子,就有打围的,打围的人是不容易死的!"

两个日本剑客傻了眼,你看看我、我看看你,就像泄了气的皮球,一下子蔫瘪了。

这是咋回事呢? 原来三年前,他们的师兄"飞镖将军"和"万斤牛"来中国打擂,横行中国南方,见无对手,便乘船从运河顺流北上。一路上,旗帆飘扬,耀武扬威。来到沧州,他们见前面有一只载满人的摆渡船,正到河心,飞镖将军和万斤牛吩咐舵工去撞那渡船。大船呼啸而来,小船躲避不及,眼看就要相撞了,满船人大惊失色,就在这千钧一发之际,摆渡艄公出掌朝着大船猛力一推,大船好似触礁般"咯噔"停住,小船箭一般避了过去,真是好险! 飞镖将军和万斤牛哈哈大笑,摆渡艄公顿时大怒,紧撑几篙,把人送过对岸,然后飞船追来,迎头拦住了大船,高声喝道:"胆大毛贼,实在欺人太甚,停船!"

飞镖将军和万斤牛见一个乡巴佬敢拦他们的船,他俩从怀中取出镖,狞笑一声,"嗖嗖"两声朝那艄公飞去。艄公并不躲闪,出手怀中一揽,两只镖已稳稳接在手中了。摆渡艄公冷冷一笑,掂掂飞镖,说声:"着!"手起镖到,吓得两人急忙趴下。只听"啪啪"两声,睁眼一看,那面猎猎作响的膏药旗和那高高扬起的风帆,已被飞镖截断了绳子,"哗啦啦"落在船上。两人吓得半天没闭上嘴,乖乖地停了船。

艄公立在船头,指着两人说道:"看你们来中国露够脸了,今个难得相遇,大爷要领教了!"说着,举篙向河里插去。然后拴上船,对两人说:"来吧,今个没别的,拔出竹篙,开你的船;拔不出,休怪你飞云龙爷爷不客气!"

飞镖将军和万斤牛看了眼河中的竹篙,以为拔它还不是吃糖葫芦般容易,说声"好",便来到摆渡船上。谁知两人使出了吃奶的力气,竹篙就跟生根一样,分毫没动。飞云龙瞟了他俩一眼,说道:"你们就这点儿能耐也敢来中国逞强?亏你们有脸!"说着,走过来,手握竹篙,双臂一抖,说声:"起!"只见那竹篙轻轻拔出水面,带出八尺深的黑泥。两人一看,赶紧趴下磕头。

飞镖将军和万斤牛哪能吞下这般羞辱,到了京城,要慈禧捉拿匪首飞云龙。慈禧不敢得罪洋人,严令沧州衙门五日内定将飞云龙解入京城,以平事端。沧州衙门哪能抓得到飞云龙?便从死囚牢里找了个模样和飞云龙相仿的犯人,以假乱真,谎报路途解押不便,就地处斩,呈上人头,这才应付了事。从此飞云龙就隐姓埋名,避居荒村。

草上飞和溜檐猫一听坐在自己面前的就是这个神奇人物,他俩能不蔫吗?可是这两人又岂肯轻易交宝?草上飞说道:"劳驾豪杰出马,本当奉还宝杯,不过我有一事相商,不知如何?"

"讲!"

"九龙杯乃我从北京所盗,我想与你同去北京。我前你后,如若跟上,回来交宝;如若不然,休再费舌!"

"此话当真?"

"决无戏言!"

于是双方击掌为誓,当即进京。草上飞使出浑身解数,飞檐走壁,窜殿越阁,三宫大院,穿梭往来两趟。飞云龙自天津出发,就如影子一样,你高他高,你低他低,哪里能拉下他半步!最后草上飞实在累坏了,便来到前门歇息。草上飞尽管没能甩下飞云龙,仍想炫耀他的轻功。飞云龙微微一笑,说:"阁下的轻功倒还凑合,不过脚步重了点儿,把太和殿上两块琉璃瓦踩动了。"草上飞哪里肯信,便去观看,果真不假!草上飞这才五体投地,乖乖地交出了九龙杯。

（周宝忠　搜集整理）